KB007273

코지마

COSIMA

코지마

그리치아 델레다 지음

나윤덕 옮김

마르코폴로

소박하지만 편안한 집이었다. 층마다 두 개의 큰 방이 있었고 나무로 만든 낮은 천장은 석회로 하얗게 칠해져 있었다. 현관은 벽을 사이에 두고 두 구역으로 나뉘었는데 오른편에 있는 계단은 첫째 칸에만 대리석이 깔려 있고 나머지 칸들은 돌로 되어 있었다. 왼편으로는 창고로 내려가는 계단 몇 개가 보였다. 커다란 철 걸쇠를 걸어놓은 튼튼한 문에는 망치처럼 소리를 내며 닫히는 사잇문과 쇠사슬, 성에서나 쓸 법한 거대한 열쇠가 달린 자물쇠가 달려 있었다. 다용도로 쓰이는 현관 왼편 방 안에는 높고 딱딱한 침대와 책상 하나, 호두나무로 만든 커다란 옷장, 경쾌한 하늘색으로 칠한 짚으로 짠 촌스러운 의자 몇 개가 놓여 있었다. 오른편은 식당이었는데 밤나무로 만든 식탁과 똑같은 의자들, 바닥과 똑같은 타일로 짜맞춰 만든 벽난로가 있었다. 그게 전부였다. 부엌과 식당 사이는 걸쇠와 쇠사슬이 걸려 있는 출입구로 가로막혀 있었다. 아직 가부장적인 집들이 으레 그렇듯 부엌은 가장 사람 사는 냄새가 풍기는 곳으로 생활의 온기와 친밀함이 깃든 장소였다.

부엌 한가운데에는 벽난로 말고도 네 개의 돌기둥으로 둘러싸인 난로가 있었다. 난로 위에는 연기로 검게 그을린 사방 일 미터 남짓한 갈대발이 천장을 떠받치는 두툼한 서까래에 터럭을 엮어 만든 네 줄의 끈에 매달려 사람 키 정도의 높이에 드리워져 있었다. 갈대발 한쪽 귀퉁이에는 작고 네모난 원시적인 검은 놋쇠 램프가 달려 있었는데 주둥이처럼 생긴 네 면 중 한 면에 달린 심지가 기름에 젖은 채 흔들거렸다. 텃밭이 보이는 창문과 마당으로 연결된 덜컹거리는 작은 문을 통해 환한 빛이 들어오는 넓은 부엌에 있는 나머지 물건들도 모두 간소하고 오래된 것들이었다. 창문 옆 구석에는 벽처럼 튼튼한 연통 가장자리로 세 개의 불판이 딸린 기념비적인 화덕이 놓여 있었다. 타다 만 재로 뒤덮인 화로에는 밤낮을 가리지 않고 불이 지펴져 있었고 창문 아래 돌로 된 배수구 곁에 놓인 작은 코르크 대야 안에는 석탄 몇 덩어리가 들어 있었다. 벽난로와 세 개의 두꺼운 철제 다리가 달린 화덕에서 만든 음식은 수레에 실려 식탁 위에 차려졌다. 부엌에서 쓰는 살림살이들은 하나같이 크고 튼튼한 것들이었다. 정교하게 납땜해 만든 동 프라이팬, 벽난로 주변 낮은 의자들, 그릇을 보관하는 찬장들, 소금을 빻는 대리석 절구, 그리고 식탁 위에는 갈아놓은 치즈가 가득 담긴 나무통과 하인들이 먹는 보리빵과 음식이 담긴 수선화 줄기를 엮어 만든 바구니도 있었다.

그보다 특징적인 물건들은 선반 위에 놓인 것들이었다. 놋쇠 램프를 거는 줄 옆에는 연금술사가 쓰는 도구들을 연상케 하는 양념병들이 기다란 새 부리처럼 죽 늘어서 있었다. 질 좋은 기름이 담긴 작은 도기 항아리와 커피 내리는 도구들, 케케묵은 붉고 노란 빛 잔들, 구석기 유적에서 발굴한 것 같은 주석 접시들, 양치기들이 쓰는 도마, 그리고 마지막으로 소금을 담기 위해 한 귀퉁이에 홈을 파 놓은 나무쟁반이 놓여 있었다.

지방색이 강한 물건들이 집 안에 독특한 색채를 불어넣었다. 문 바로 옆 벽에는 안장과 하인들이 망토나 이불로 사용하는 거친 모직으로 짠 기다란 가마니가 걸려 있었다. 하인이나 양치기나 농부 누구든 마을에서 잠을 잘 때 바닥에 까는 모직 연장주머니도 있었다.

배수구 위에는 정원의 우물에서 길어 온 물을 채운 둥근 놋 냄비가 늘 놓여 있었고 벤치 위에는 집에서 멀리 떨어진 곳에서 어렵사리 길어 온 식수가 담긴 크레타 도자기 물병이 놓여 있었다. 그 시절 물은 골칫거리였다. 여름이면 물방울 숫자를 셀 정도로 물이 귀했다. 지붕 밑 배수관을 타고 내려와 물통을 가득 채워줄 소나기라도 퍼붓는다면 모를까. 물 없이도 청소하는 요령을 터득한 덕분에 그래도 집은 늘 쾌적했다.

지층에 있는 집들이 그렇듯 철창으로 무장한 창문을 통해 초록색 텃밭이 보였고 그 사이로 회색과 하늘색 산들이 보였다. 촌스러운 지붕으로 반쯤 가려진 문을 열고 나가면 텃밭이 있었다. 한 구석에 우물이 있었고 높게 둘러싼 벽 아래 쌓아 놓은 나무 장작들은 고양이들과 달걀을 둥지에 감추려는 닭들의 은신처가 되어주었다. 창문이 한 개뿐인 (모든 창문에는 덧문이 없었다) 거칠게 마무리된 측면 벽에는 두 개의 족쇄를 받쳐놓고 의자로 쓰는 나무판자가 있었다. 걸쇠와 자물쇠가 달린 대문은 진한 고동색이었다. 낮 동안에는 거의 닫혀 있어서 집 안 사람들과 방문객들은 정면에 나 있는 작은 문으로 드나들곤 했다.

오월의 어느 날 아침, 갈색 머리 여자아이가 대문 밖으로 얼굴을 쏙 내밀었다. 크고 해맑은 갈색 눈동자와 자그마한 손발을 지닌 아이였다. 주머니가 달린 회색 옷에 투박하고 두툼한 면 양말과 끈을 묶는 시골풍 신발을 신은 아이는 지주의 딸이라기보다 농사꾼의 아이처럼 보였다. 맞은편 집 창문에 누군가의 모습이 보이면 중대한 사건을 알려주려고 아이는 안절부절 기다리는 중이었다. 청명한 아침 거리는 한적한 시골 오솔길처럼 텅 비어 있었고 정원을 따라 높다란 담벼락이 있는 앞집의 붉은 대문도 굳게 닫혀 있었다. 그 집에는 검고 긴 신부 복장의 과묵한 주교와 젊고 영특한 그의 조카딸이 살고 있었는데, 수녀가 되려 했던 그녀는 건강상의 이유로 도중에 집으로 돌아올 수밖에 없었다. 검소하고 금욕적이고 선한 사람들이었다. 주교는 거리에서 마주치는 사람들이 아무도 자기에게 인사를 하지 않는다며 불평했지만 사실 그는 종교적 사색에 잠겨 늘 땅을 쳐다보며 걷곤 했다. 신이 결혼을 허락하지 않은 조카딸은 젊고 잘생긴 세공사에게서 비밀스러운 구애를 받은 적도 있었지만, 종교적 신념을 포기할 정도로 대단한 연분은 아니었기에 독신으로 남았다. 대문 앞에 서 있는 아이는 이웃에 대해 모든 것들을 알고 있었고 그들을 대단한 사람들이라 여겼다. 이웃들뿐만 아니라 아이에게는 평범한 것이 좀처럼 없었다. 마치 이 세계가 아닌 다른 세계에서 온 아이 같았다. 현실이 마음에 들지 않았던 아이의 환상 속에는 꿈에서나 나올법한 혼란스러운 기억들이 가득했고 자신만의 시선을 통해 현실에 환상의 색깔들을 덧입혔다.

멀리서 시골 특유의 냄새가 풍겨왔고 주위는 쥐 죽은 듯 조용했다. 이따금 깊은 정적을 깨고 시간을 알리는 성당의 종소리만이 들려왔다. 스페인 화가들의 풍경화처럼 낮고 진한 파란색 하늘을 가르며 제비 한 무리가 소리 없이 날아갔다. 드디어 앞집 창문이 열리더니 근시가 있는 커다란 두 눈과 갈색 얼굴을 한 여자가 몸을 내밀고 거리를 이리저리 둘러보기 시작했다. 주교의 조카 페피나 아가씨였다. 숨을 크게 내쉰 아이는 대문 한구석에 몸을 기댄 채 목을 한껏 밖으로 빼고 목소리를 높여 중대한 사실을 선포했다.

"페피나 아가씨, 아기가 태어났어요. 세바스티아니노에요."

알고 보니 여자 아기였지만 남동생을 원했던 아이는 남자 아기의 이름을 꾸며냈다.

만족스러웠다. 부엌으로 들어와 하녀가 우유를 데워 아침 식사를 준비해주길 기다렸다. 지극히 비현실적인 이 하녀에 대해 몇마디만 하고 넘어가려 한다. 가부장적인 주인들에게 더없이 충실했고 지금은 신의 오른편에 앉아있는 그녀는 난나*라고 불렸다. 이십 년 동안 하녀였고 앞으로도 그만큼은 더 하녀 노릇을 할 것이었다. 당시 그녀의 나이는 서른이었고 가난한 오두막집 출신이었다. 태어난 지 몇 달 만에 둘째에게 요람을 넘겨주고 세상을 떠난, 주인들의 첫째 아기를 돌보기 위해 어린 나이에 이 집으로 왔다. 그 요람 또한 원시적이었다. 호두나무 몸통을 파서 만든 것 같은 요람은 장식이나 베일이 전혀 없었고 무엇보다 좀처럼 비어 있는 법이 없었다.

난나는 여전히 아름다운 여인이었다. 순한 개를 연상시키는 갈색 눈동자, 입술 오른쪽 위에 돋아난 보드라운 솜털, 노예 특유의 길게 처진 유방. 노예라 부르는 건 좀 그렇지만 그 집에서는 아이

---

* 유모를 일컫는 애칭-옮긴이

돌보는 일을 포함해 모든 게 그녀의 몫이었다. 그녀는 아이들과 함께 잠을 잤고 볼일을 보러 나갈 때도 아이들 손을 붙잡고 데려갔다. 밤낮으로 쉬지 않고 기꺼이 일했다. 분수에서 물을 길어 왔고 멀리 떨어진 개울에서 빨래를 해왔고 밀가루를 치대며 여주인과 함께 발효빵과 보리빵을 만들었다. 농지에 열린 올리브를 막대기로 쳐서 수확했고 산속 숲에서 돼지들에게 줄 도토리를 주워왔고 장작을 패고 말들에게 먹이를 주기도 했다. 시청에서 담당하기 전까지는 집 앞에 난 도로를 빗자루로 쓸어내는 일도 그녀의 몫이었다. 포도를 수확하는 계절이 되면 가죽을 덧씌운 듯한 튼튼한 맨발로 포도알을 짓이겼다. 그녀의 급여는 주인이 고스란히 모아 저축해 놓았다. 스무 살 시절의 그녀는 금발이었고 아름다웠다. 사람들은 주인이 그녀에게 마음이 있다고 쑥덕거렸지만 소문에 불과했고 시간이 지나자 잠잠해졌다.

커다란 오븐 위에서 그녀는 지금 정성껏 우유를 데우는 중이다. 출산 중인 여주인에게 긴급한 상황이 벌어지면 달려가기 위해 양말을 벗고 신발만 신고 있다. 미간을 찌푸리고 양쪽 귀는 토끼처럼 곤두서 있다. 지금 이 집의 모든 책임을 짊어지고 있는 기회를 놓칠세라 긴장을 늦추지 않으면서 그녀는 자신의 유일한 낙인 커피를 몇 잔 더 들이마셨다.

붉고 노랗고 둥근 크레타 도기 잔에 그녀가 부어주는 커피와 우유를 마시기 위해 아이들이 차례로 부엌으로 들어왔다. 다 큰 남자애들은 소도시에 있는 중학교에 다니고 있다. 장남 산투스는 수려한 윤곽에 하늘빛이 감도는 커다란 회색 눈을 지닌 미남이었다. 이지적이고 성실한 분위기에 신경써서 옷을 입은 그는 커피를 마시며 라틴어책을 들여다보고 있었다. 집안에서 벌어지는 일들로 인해 놀라지도 방해받지도 않았다. 출생의 신비로움을 이해할 수는 없었지만 자연스럽게 받아들였다. 그는 차가울 정도로 차분한 감성과 절제된 상상력의 소유자였다. 여자들에게 도통 관심이 없었고 학업과 책을 통해 인생의 깊이를 파헤치는 일에만 열중했다. 상상력이 없다고는 하지만 그 또한 여동생처럼 잔인한 현실에서 멀리 떨어진 세계로부터 온 몽상가인지도 모른다. 가죽 끈으로 단단히 묶은 책 보따리를 옆구리에 끼고 그는 서둘러 학교에 가려 한다. 두 개의 창문이 있는 맨 위층 방에서 잠에 빠진 남동생과 잡동사니들을 쌓아둔 지붕 밑 다락방에 있는 여동생들을 챙길 틈이 없어 보인다.

마찬가지로 학교에 다니는 여동생들은 사실 산투스보다 먼저 부엌에 내려와 있었다. 작달막한 체구에 파란 눈, 검은 생머리를 땋아 끈으로 묶은 자매는 생김새가 쌍둥이처럼 똑 닮았다. 옷차림은 정말이지 우스웠는데 봉긋한 소매와 요크 장식이 달린 셔츠에 넓게 퍼진 긴 치마를 끈으로 질끈 동여매고 있었다. 원색적인 색감에 줄무늬가 들어간 한 벌이었고 책가방 역시 같은 원단으로 만들어졌다. 흰 양말에 바닥에 징이 박힌 신발을 신고 왼쪽 뺨 위로

요염하게 나부끼는 실크 리본으로 머리카락을 반만 묶고 있었다.

아직 학교에 다니지 않는 어린 코지마는 부러움과 질투 그리고 걱정스러운 눈빛으로 그들을 바라본다. 특히 엔자는 폭력적인 성향이 두드러졌는데 주먹질과 떠밀기와 욕하기를 전부 다 학교 친구들한테서 배웠다고 했다.

엔자와 잘 지내는 형제는 안드레아다. 자매가 학교에 가고 나면 안드레아는 부엌에 내려와 커피 따위는 여자들이나 마시는 거라며 허세를 떤다. 진정한 남자처럼 익지 않은 고기를 씹어 먹을 수도 있겠지만 그럴 수 없는 형편인지라 하인들의 음식을 넣어둔 바구니에서 딱딱한 빵과 치즈 한 조각을 꺼내 튼튼한 이빨로 질겅질겅 씹어 먹는다. 난나는 커피잔을 손에 들고 호소하는 듯한 눈길로 그를 바라본다. 안드레아는 그녀가 가장 관심을 쏟는 동시에 걱정하고 숭배하는 아이였다.

"도련님은 목동 같아요." 안드레아 앞에 커피잔을 내려놓으며 그녀가 말했다.

"어서 커피를 좀 마셔요. 나의 어린 양이여, 선생님께서 치즈 구린내가 난다고 하기 전에요."

"대체 누굴 말하는 거죠? 저는 부유한 양치기지만 그 사람은 가난한 비렁뱅이에 비열한 술주정뱅이라고요."

라틴어 선생님에 대해 안드레아는 확신에 찬 말투로 이야기했다. 지적인 일로 먹고사는 사람들을 그는 궁핍한 촌뜨기 내지는 막벌이꾼이라 여겼다.

　조금은 거친 그의 내면은 짐승들과 땅과 돈 그리고 좋든 나쁘든 행동의 자유를 누리는 목동의 정신으로 충만했다. 성격 또한 과묵하고 강직했다. 헝클어진 옷차림에 새카만 머리카락으로 뒤덮인 머리는 강렬하고 개성이 넘쳤다. 들창코에 관능적인 입매를 지녔고 금빛이 감도는 회색 눈동자는 매의 눈처럼 반짝였다. 공부하기를 싫어했고 집을 뛰쳐나가 말을 탈 때만 행복해하는 모습이 마치 어린 켄타우로스 같았다. 아무도 말 타는 법을 가르쳐 주지 않았지만 길들지 않은 망아지 등에 안장도 없이 올라타서는 큰 소리로 재촉하며 말들의 울부짖음을 제압하곤 했다.

　수프 그릇을 무릎 사이에 낀 채 낮은 의자에 앉아있던 코지마의 기분을 눈치채고, 그는 밖으로 나가기 전 미소를 짓더니 그녀에게 가까이 다가가서 달콤한 말투로 속삭였다.

　"일요일에 널 승마에 데려갈게. 산에 갈 거야. 그러니 얌전히 지내야 해."

　그녀는 기쁨과 희망에 차 커다란 눈을 동그랗게 떴다. 독특한 상상력으로 가득한 감미로운 오빠의 약속은 어디서 어떻게 왜 왔는지 알 수 없지만 그날 밤 집으로 찾아온 생명의 신비로움과 더불어 그녀의 상상 속 이야기 속에 뒤섞였다.

　아기의 탄생은 가족들의 변화를 몰고 왔다. 언니들은 갓 태어난 아기와 난나, 코지마와 또 다른 여동생 베파를 위해 위층으로 방을 옮겨야만 했다. 부모님 방에서 함께 지내던 베파는 세 살이었지만 나이보다 어려 보였고 말을 제대로 할 줄 몰랐다. 혀 아래 연골이 정상보다 짧다고 했다. 혀가 잘 움직이도록 하려면 간단한 수술을 받아야 한다고 했다.

할머니 품에 안긴 베파가 부엌에 등장했다. 함께 살지는 않았지만 믿을 사람이라고는 난 나밖에 없었던 딸의 출산을 돕기 위해, 할머니는 딸의 집에서 지난밤을 보냈다. 모든 것이 순조롭게 진행되었다. 이제 산모와 아기는 쉬고 있고 옆방에서 밤새 숨죽이고 책을 읽으며 서성대던 아버지도 낡은 소파 위에서 잠이 들었다.

그러나 난쟁이처럼 작고 연약한 할머니는 도통 잠을 잘 생각을 하지 않았다. 그녀의 손과 발은 어린아이처럼 자그마했고 개암나무 열매 같은 회갈색 눈동자와 길고 까만 속눈썹을 지닌 두 눈은 악한 구석이라고는 찾아볼 수 없는 순수함으로 가득했다. 흰 머리 위로 깔끔하게 두른 검정 두건 사이로 머리카락 몇 가닥이 목덜미와 귀 옆으로 삐져나와 있었다. 어머니가 와서 혼내기 전까지 손주들은 할머니를 자기들 또래로 여겼고 코지마는 그녀를 볼 때마다 꿈속 같은 묘한 감정을 느꼈다. 아니, 꿈속이라기보다 붙잡을 수 없는 가벼운 현기증 같은 육체적인 감정이었다. 수면 위로 올라왔다가 물속에 가라앉기를 반복하는 열정적인 고래처럼 삶의 내면 또는 잠재의식 속에 숨어있다 피어나는 감정이었다.

그녀의 기억 속 할머니는 동화 속에 등장하는 여자들 같았다. 화강암 산 중턱 바위를 파내 만든 작은 돌집에 살았다는 이따금 착하기도 이따금 나쁘기도 했다는 전설 속 작은 요정들을 떠올리게 했다. 작고 원시적인 형태의 거주지들은 작은 요정들의 집이라 불리며 머나먼 과거의 거석 기념물로 지금까지도 분명 존재하고 있다.

할머니는 커피를 마시고 아침 식사를 한 뒤 설거지를 했고 하녀에게 장을 봐 오도록 했다. 빵을 비롯해 집 안에 부족함이 없도록 미리미리 장을 봐 두어야 했다. 섬 동쪽 해변에서 물건이 오지 않으면 국물을 끓일 고기나 약간의 생선도 살 수 없었다.

수프 그릇을 비운 코지마는 하녀를 따라 짧은 아침 외출을 할지 아니면 자신의 계획을 실행에 옮길지 고민에 빠졌다. 할머니가 우물에 물을 길으러 간 틈을 이용해 살금살금 계단을 올라가 엄마 방에 있는 아기를 볼 참이었다. 대리석으로 된 계단의 첫 번째 경사가 끝나는 지점에 다다르자 부엌과 천장처럼 나무 바닥에 공기가 잘 통하는 억센 갈대발이 걸린 창고 입구가 나타났다. 입구는 보통 열쇠로 잠겨 있었지만 지난밤의 혼돈으로 인해 열려 있었다. 목적지를 향해 전진하기 전 코지마는 신비한 것들로 가득한 거대한 방을 먼저 탐험해 보기로 했다. 그녀의 생각이 옳았다. 저 멀리 험준한 산의 지평선이 보이는 작은 창으로 들어오는 희미한 빛 아래 온갖 물건들이 방 안에 쌓여 있었다.

보리와 아몬드와 감자 가루가 담긴 자루들이 한 구석을 차지하고 있었고 기다란 테이블 위에는 돼지비계 덩어리와 살라미들이 한가득 쌓여 있었다. 그 주위로는 잠두콩과 완두콩, 렌틸콩, 병아리콩이 가득 담긴 수선화 바구니들이 돼지기름과 각종 절임, 소금을 뿌려 말린 토마토들이 담긴 단지들과 함께 옹기종기 놓여 있었다. 그러나 무엇보다 코지마의 갈망을 불러일으킨 건 천장을 지지하는 대들보에 매달린 건포도와 말린 배 다발이었다. 꿀벌인지 말벌인지 모를 벌 한 마리가 주위에서 윙윙거리는 그 성스러운 물건의 단 한 쪼가리에도 그녀의 손이 닿지 않았다. 하지만 방법은 있었다. 포도송이와 연결된 꼭대기가 갈라진 갈대발을 이용하면 무사히 바닥으로 내릴 수 있을 것 같았다. 성당지기가 높은 곳에 있는 초에 불을 붙일 때처럼 문 뒤에 있는 갈대발을 위로 번쩍 들어 올렸다. 놀란 벌이 붕 날아올랐고 한 송이는 손으로 잡아챘지만 남은 포도송이들은 줄이 끊어진 목걸이처럼 갈대발 사이로 우수수 떨어졌다. 좀처럼 믿기 힘든 사건이 벌어지자 코지마는 작은 소동도 놓치지 않는 집안에서 가장 엄한 존재인 어머니를 떠올렸다. 그녀는 참을성 있게 포도알들을 하나하나 손수건에 주워 담고 쇠줄과 지푸라기를 없애고 갈대발을 다시 제자리에 걸었다. 증거물들을 싹 치운 그녀는 들판에서 하인들의 이야기를 들었을 때처럼 참 잘했다고 생각했다. 무언가를 훔칠 때면 의심받지 않도록 흔적을 없애야 한다고 그들은 말하곤 했다.

야만적인 상상력은 그녀에게 차고도 넘쳤다. 하인들과 집에 드나들던 이웃들뿐 아니라 부자들, 친척들, 아버지의 친구들, 산과 계곡에서 온 손님들도 호기심 많고 감상적인 소년소녀들에게 그런 생각을 심어 주었다. 불과 몇 킬로미터 떨어진 근방에서 중세 전사의 후손들처럼 출몰했던 산적들의 모험에 대해 이야기꽃을 피우면서, 소년들은 무섭기도 했지만 나쁜 사람들과 싸울 용기를 얻었고 소녀들은 비록 코지마처럼 어릴지라도 아마존의 전사 같은 본능을 키웠다. 어머니의 가르침은 자식들이 타고난 내적인 활달함을 억누를 만큼 종교적이고도 엄격했고 그에 더해 아버지의 가르침이 있었다. 가족의 우두머리 안토니오 씨는 온화하고 종교적인 정의로 충만한 사람이었다. 그의 자녀들이 정신적으로나 물질적으로 풍요로움을 누리며 안락하게 살 수 있도록 사업에 전념하느라 너무도 바빴다. 그는 자녀 모두를 학교에 보냈으며, 자녀들은 존경과 자연스러운 애정, 때로 가식적인 선함과 예절로 아버지를 대했다.

아버지는 코지마에게 무한한 신뢰와 선망의 대상이었다. 이제 두 번째 계단을 오르는 그녀를 아버지가 일 층 계단참에서 내려다본들 그리 걱정할 일은 아니었다. 계단참 창문에서 들어오는 빛을 받은 돌계단들이 환하게 빛나고 있었다. 섬세한 면으로 짠 커튼으로 가려진 벽장과 의자 몇 개와 재봉틀이 놓인 계단참은 커다란 방 같았다. 부부 침실의 문은 열려 있었고 대개 한 명 이상이었던 손님들을 위한 방이 하나 더 있었다. 길가와 정원을 향하는 두 개의 창문, 소파와 하얀 나무로 상감을 입힌 둥근 탁자가 놓여 있는 손님방은 집 안에서 가장 잘 꾸며진 곳이었다. 그 방에서 나온 안토니오 씨가 아내의 방 앞에 멈춰 서서 소리를 엿듣고 있었다. 코지마가 와 있는 걸 보자 그는 소리 내지 말라는 눈짓을 보냈다. 계단 구석에 몸을 기댄 그녀는 겁이 났지만 두렵지는 않았다. 아버지가 그녀의 위편에 있었다. 실제로는 키가 작고 통통했지만 그녀의 눈에 비친 아버지는 거인에 가까울 정도로 거대해 보였다. 다리는 길지 않았지만 크고 단단한 몸집의 소유자였다. 커다란 머리는 대머리였는데 이미 회색으로 변한 머리카락들이 연분홍빛 귀에서 든든한 목덜미까지 둥그스름하게 돋아나 있었다.

일찍이 본 적 없는 정말이지 범상치 않은 얼굴이었다. 성깔이 있어 보이는 인상에 이마는 높고 코는 짧고 구부러졌으며 두툼한 입술 사이로 작은 입을 꾹 다물고 있었다. 각이 진 턱과 억센 털이 조금 난 번지르르하고 넓은 볼은 소박한 농민에서 중산층으로 변형된 전형적인 얼굴이었다. 비범한 지혜로 가득한 주름과 고랑들, 빛에 따라 회색, 하늘색 또는 녹색으로 보이는 눈동자는 성인처럼 보이기도 전사처럼 보이기도 했다. 벽에 기대 있는 딸을 향해 어린아이 같은 눈짓을 보내는 순간, 아버지의 눈동자는 창문 위 하늘이 반사된 푸른빛이었다. 그러나 방 안에서 울음소리가 들려오자 그의 눈동자는 순식간에 회색빛으로 변해 버렸다.

이리 올라오라고 코지마에게 말하며 아버지가 방문을 열었다. 아이는 심장이 쿵쾅거림을 느꼈다. 그녀의 소원을 아버지가 어떻게 알았을까? 아버지를 따라 방 안으로 들어간 코지마의 눈에는 익숙했던 물건들이 새삼 다르게 보였다. 꽃무늬가 있는 면 침대보, 집 안에서 가장 우아한 가구였던 호두나무 콘솔, 그림들, 작고 하얀 벽난로. 모든 것들이 침묵을 지키고 있는 것처럼 보였다. 한 줄기 기적의 빛이 마법을 걸어 방 안의 물건들을 다른 모습으로 바꾸어 놓은 것 같았다. 물 위나 금이 간 유리창에 비치는 모습처럼 반사된 물체들이 알 수 없는 근원으로부터 흘러나와 방 전체로 퍼져나갔다. 벽난로 석판 위에 놓인 수선화 바구니 안에 베개와 기저귀 사이로 갓 태어난 아기가 보였다. 작은 손을 집어넣고 강보에 싸인 아기는 당시 관습에 따라 분홍빛 레이스 모자를 쓰고 있었다. 우느라 살짝 벌어진 입술은 꽃을 피우려 벌어진 봉오리를 연상케 했다. 코지마는 실망스러웠다. 침대 위에 걸린 그림 속 주세페 성인의 후덕하고 붉은 팔에 안긴 생생한 푸른 눈을 지닌 아기처럼 새로 태어난 여동생도 선명한 눈에 금발의 곱슬머리를 지녔을 것이라고 상상했기 때문이었다.

어머니는 꾸벅꾸벅 졸고 있었다. 바뀌지 않은 건 그녀뿐이었다. 매부리코와 메마른 입술, 이미 회색으로 변한 머리카락을 지닌 그녀의 창백한 얼굴은 늘 알고 지내던 그대로였다. 활달하지도 슬프지도 않았고 태연하면서도 불가사의했다. 코지마가 호기심을 충족시켰다고 여기자 아버지는 그만 가보라고 말했다. 그녀는 이 기회를 놓치지 않았고 집을 계속 탐험해 보기로 했다. 계단참 측면에 있는 또 다른 방에 들어가 보았다. 쿠션이 주저앉은 오래된 소파의 장식을 손가락으로 어루만졌다. 집 안에 있는 특이한 가구들을 그녀는 좋아했다. 호두나무 틀에 녹색 양모 쿠션이 달린 우아한 의자들이 그녀의 흥미를 끌었다. 낡아 빠진 쿠션은 의자에서 벗겨내 먼지를 털 수도 있었다. 두툼한 캔버스 천에 굵은 줄무늬가 있는 쿠션을 관찰하면서 그녀는 천천히 의자에서 벗겨냈다. 만일 무언가를 숨겨야 한다면 여기야말로 최적의 장소라고 생각했다. 숨기다! 숨기는 것이야말로 비밀스럽고 막강한 그녀의 영감 중 하나였다. 강도와 적들로부터 자신의 몫을 챙기기 위해 산속에 자신들의 물건을 숨기고 살았던 조상들의 본능과도 연결되어 있다는 것을 이후에 설명할 수 있을 것이다.

코지마는 다시 계단으로 돌아왔다. 계단 경사 사이에 있는 유리가 없는 창이 그녀의 흥미를 끌었다. 창밖으로 얼굴을 내밀자 낭떠러지가 보였다. 하늘색 계단들로 가로막힌 용암이 흐르는 폭포가 펼쳐져 있었다. 그 위로는 벽의 높은 곳에서 천장까지 이르는 더 큰 고정창이 있었다.

열리지도 않는 저 창문을 대체 누가 만든 걸까. 창을 열 수만 있다면 저 멀리 하늘의 지평선을 바라볼 수 있을 텐데. 고정창 하나 정도는 있어야 멋진 집이라 생각한 교만한 벽돌공이었을지도 모른다. 어찌 되었든 코지마에게는 매혹적인 창이어서 그녀는 매번 상상 속의 창문을 활짝 열었다. 먼지가 쌓이고 거미줄이 가득한 창 너머 광대하고 환상적인 지평선을 본 적은 아직 한 번도 없었다. 계단참에 있는 벽장 또한 마찬가지였다. 어머니의 방이 조용해지자 코지마는 벽장을 가리고 있는 붉고 노란 꽃무늬가 있는 얇은 커튼을 조심스럽게 걷어 올렸다.

벽을 가로지르는 두 개의 선반 위에 흥미진진한 물건들이 가득 차 있었다. 높은 칸을 제대로 볼 수 없었던 코지마는 두 발짝 정도 뒤로 물러서야만 했다. 맨 위 칸에 놓여 있는 물건들은 신성한 제단처럼 절대 함부로 손대면 안 되는 것들이었다. 선반과 제단은 닮은 구석이 있었다. 줄지어 놓은 촛대들은 놋쇠와 동으로 만들어져 있었고 한가운데 유리 화병이 놓여 있었다. 무엇보다 가장 경이로운 물건은 그러나 벽 깊숙이 기대어 놓은 다이아몬드처럼 세밀하게 세공된 크리스털 접시였다. 접시가 실제로 사용되는 모습을 한 번도 본 적이 없었기에 코지마는 거의 신비에 가까운 귀한 물건이라 여겼고 고대로부터 보물로 전해 내려오는 신성한 접시이거나 태양과 달의 형상 또는 예배하는 군중 앞에서 신부님이 들어 올리는 성체와도 같다고 생각했다. 지극히 높고 손댈 수 없는 그 접시를 코지마는 진정으로 숭배했다. 진정으로, 시간이 흐른 후에야 그녀는 깨달았다. 그 접시야말로 예술과 아름다움을 대변하는 존재였음을.

아래쪽 선반에는 식기와 단지들이 있었는데 창백한 분홍색과 미묘한 금색으로 만들어진 아름다운 커피잔들과 손잡이 부분을 장식한 놋쇠 티스푼들이 놓여 있었다. 금단의 장미를 따듯 도자기에 그려진 순결한 장미를 스칠 정도로 코지마는 손을 뻗었다. 그녀의 손가락이 스치자 제단에 걸린 장막처럼 커튼이 주르르 내려와 정원을 가렸다. 층계로 되돌아간 코지마는 계단의 수를 세어 보았다. 계단참 위편 계단들과 아래편 계단들의 숫자는 거의 같았다. 벽장 안에는 만일에 대비해 준비해둔 두 개의 화덕도 있었다. 어린 몽상가는 훗날 어머니와 이모들처럼 결혼한 자신이 화덕에서 가족들을 위해 음식을 만드는 모습을 상상해 본다. 벽장 오른편과 왼편에 있는 거친 바닥이 깔린 두 개의 방은 집안에서 가장 궁색한 곳이다. 철로 된 침대와 버석거리는 나뭇잎으로 속을 채운 매트리스, 테이블 하나와 의자 몇 개가 고작이었다. 그에 비하면 아들들이 지내는 방은 풍요롭기 그지없었다. 헌책과 새 책들, 교과서들, 작은 시내에 유일한 산투스 서점의 책들이 선반에 가득했다. 아직 글은 읽을 줄 몰랐던 코지마도 그림은 이해할 수 있었다. 마찬가지로 그녀가 손대면 안 되는 것들이었음에도 두꺼운 종이로 만들어진 커다란 책을 천천히 펼쳐 봤다. 노란색 점들이 촘촘히 찍힌 담청색 그림이 하늘색 지도에 표시된 별들임을 그녀는 알아챘다.

이제 남은 건 창밖을 바라보는 일이었다. 한 창문에서는 길이,

다른 창문에서는 밭이 보인다. 산에서부터 시작된 밭은 보이지 않는 언덕들에 이르기까지 펼쳐져 있다. 가까운 회색빛 산에는 숲의 덤불들과 바위들의 윤곽선과 화강암 탑들이, 먼 산에는 오월의 태양 아래 하늘빛으로 반짝이는 석회암이 있다. 그보다 더 높은 산들도 있다. 하늘빛으로 점점 아련해지는 꿈과 전설의 산들.

길가를 향해 난 창은 그만큼 회화적이지는 않았지만 흥미롭고 생생했다. 집 앞으로는 짤막한 보도가 나 있었다. 나머지 길에는 조약돌이 깔려 있었고 한가운데 빗물이 빠지도록 파 놓은 골이 있었다. 제법 세련된 집들은 대부분 안토니오 씨 친지들의 소유였다. 맨 안쪽에는 꾀죄죄한 골초인 돈 이냐치오 신부의 집이 있었는데 그는 안토니오 씨의 형제였다. 다음으로는 목동과 농부 아들들을 둔 유복한 과부인 폴라나 고모의 집, 잡화점 운영을 공부하는 아들을 둔 마찬가지로 유복한 토니아 고모의 집이 있었다. 토니아 고모는 과부가 아니었는데 두 번째 남편과 결혼한 뒤 한 달 만에 그를 집에서 내쫓고 합법적인 이혼 절차를 밟았다. 매력적이고 혈기 왕성하고 총명한 여성이었다. 매일 낮잠 시간이 되면 활달한 동네 사람들이 그녀의 집에 놀러 와 카드놀이를 하고 사육제 가면을 쓰고 익살스러운 놀이도 하며 온 동네를 즐겁게 만들었다.

가장 중요한 집은 주교가 사는 바로 앞집이었다. 튼튼한 담 안쪽으로 뜰과 정원들이 있었다. 키 큰 뽕나무 한그루가 있고 장미와 석류와 보랏빛 작은 열매들이 가득한 정원은 마치 공중에 붕 떠 있는 누각처럼 보였다. 그 뒤로는 작은 도시에서 흔히 볼 수 있는 전형적인 오두막들이 펼쳐졌고 로사리오 성당의 새하얀 종탑이 낮고 어두운 지붕들 위로 갯바위 사이 등대처럼 솟아 있었다.

안토니오 씨는 지금 일 층 서재에 있는 책상 앞에 앉아 편지를 쓰느라 분주하다. 넓은 모눈종이 위에 해맑고 단순한 필체로 쓴 편지를 봉투처럼 접어 코지마의 눈길을 끄는 물건 중 하나인 작고 둥근 모양의 채색된 봉인으로 밀봉했다. 대부분의 편지는 대규모 사업에 관한 내용을 담고 있었다. 그중 한 통은 해안의 운송업자에게 보내는 것으로 안토니오 씨가 보낸 목탄과 숯을 화물선에 실어 달라는 내용이었고 다른 한 통은 숲을 매매하고자 하는 토지 주인에게 보내는 것으로 벌채에 관한 내용이었다. 또 다른 한 통은 피스토이아†의 기계공 우두머리에게 보내는 것이었는데 석탄 저장소에서 일할 그 지역의 뛰어난 일군들을 보내달라는 내용이었다. 개중에는 작은 도시에서 말을 타고 다섯 시간을 달려가야 하는 산골에 사는 재력가 프란체스코 씨에게 보내는 우정의 편지도 있었다. 프란체스코 씨는 안토니오 씨의 오랜 친구이자 동지로 코지마가 유아 세례를 받을 적에 그녀의 대부 역할을 해 주었

---

† 아펜니노 산맥에 위치한 도시

다. 막내딸의 탄생을 알리고 세례식에 초대한다고 그는 친구에게 편지를 쓰는 참이다. 그리고는 손님들의 방문이 이어졌다. 가장 먼저 찾아온 사람은 산모의 오빠인 세바스티아노 신부였다. 당시만 해도 집안 사정 때문에 성직자가 되는 경우가 많았는데 유복한 가정 출신이었던 세바스티아노는 신실한 부름을 받아 신부의 길을 택했다. 그는 총명하고 교양이 풍부하며 여러 언어와 라틴어에 능통했다. 언젠가 한번은 로마에 간 적이 있었는데 이탈리아어를 할 줄 모르는 폴란드 사제와 키케로의 저서에 대해 완벽한 대화를 나누었다고 했다. 가족 중 또 한 명의 사제였던 안토니오씨의 형제 이냐치오는 그러나 그와는 정반대였다. 청빈하고 활달한 성격의 소유자인 이냐치오 신부의 약점은 이른 아침부터 독주와 포도주를 마시는 것이었다.

아버지가 편지 쓰기를 마칠 때까지 코지마는 손님들을 맞았다. 종이와 책, 잡동사니들로 가득 찬 커다란 주머니가 두 개 달린 검은 바지춤 위로 사제복을 끌어 올린 채 이냐치오 신부는 다리를 쩍 벌리고 식당 의자에 앉았다. 옆에 있는 의자 위에 모자를 벗어 두자 하녀가 백포도주 한 잔을 가져왔다. 팽팽한 연분홍빛 얼굴 위로 기쁨의 광채가 흘러넘쳤다. 어린아이들을 내게서 물리치지 말라는 예수님의 명령처럼 어디선가 아주 작은 손 하나가 조심스레 다가와 신비로운 주머니를 쓱 잡아당겼다. 아니, 작은 손은 주머니 틈 사이로 쏙 들어가 얇은 종이로 싼 뭉그러진 작은 케이

크를 꺼냈다. 코지마가 아이를 꾸짖으며 손을 찰싹 때렸지만 실은 그녀 또한 삼촌의 주머니를 뒤지고픈 마음이 굴뚝 같았다. 그는 아이를 그냥 내버려 두었을 뿐만 아니라 양 다리 위에 여자아이 둘을 한꺼번에 올려 놓더니 주머니 안쪽에서 케이크와 말린 과일들, 대추를 몽땅 꺼내 주었다. 가톨릭 신문 한 부도 꺼내서 때마침 들어온 안토니오 씨 앞에 펼쳐 놓았는데, 교황이 세속권을 잃은 데 대한 애도의 표시로 신문은 온통 검게 물들어 있었다. 삼촌과 아버지는 하나뿐인 신문을 돌려가며 읽었고 마르고티 신부의 기금을 횡령한 정부 장관의 아내가 무슨 짓을 했는지에 관한 기사를 읽으며 시시콜콜 비난을 쏟아냈다. 그 부인은 파티 장소에 이만 리라나 되는 거금을 쓴 옷을 입고 나타났다고 한다. 그런 다음 여자 옷 같은 삼촌의 사제복 치마에 대롱대롱 매달린 여자애들을 비롯해 모두가 산모를 보러 갔다.

그해 겨울은 길었고 유례없을 만큼 잔혹했다. 폭설이 산과 마을을 온통 뒤덮었고 한밤중에 일 미터도 넘는 눈이 내려 집 앞에 쌓여 있었다. 눈 속에 빠지지 않으려면 스키를 타고 다녀야만 했다. 아이들은 좋아했고 학생들은 학교에 가지 않아도 되었다. 안드레아는 텃밭에 거대한 눈사람을 만들었는데 눈동자에는 알밤 두 개를 꽂았고 머리에는 털모자를 씌웠다. 학교에 가고자 시도했던 산투스는 집으로 되돌아와야만 했다. 학교들은 오래된 수도원이 있는 도시의 가장 끝자락에 있었던지라 높이 쌓인 눈을 뚫고는 도저히 갈 수 없는 위치였다. 성실한 학생은 맨 위층에 있는 시베리아처럼 추운 방 안에 틀어박혀 공부를 시작했다. 그러나 누구보다 가장 즐거워했던 건 코지마였다. 무시무시하게 아름다운 눈을 처음 보았고 구름으로 변해버린 천지 만물은 무한대에 이를 만큼 거대하게 느껴졌다.

또 다른 멋진 장관은 불이었다. 모든 벽난로에 불이 지펴졌고 부엌 한가운데 놓인 화덕에도 마찬가지였다. 바닥에서 저절로 솟아오른 것 같은 불꽃은 이리저리 구부러지고 끊어질 듯 춤추며 주위를 맴돌았다. 연기는 천장과 모든 구멍으로 빠져나가려 했으나 바깥에 휘몰아치는 차가운 바람 탓에 집 안으로 다시 들어와 사람들을 괴롭혔다. 다행히 밭에서 곡식의 씨앗을 뿌리던 하인 한 명이 바로 전날 돌아왔는데 눈으로 길이 막히자 집에 머무르며 온갖 일을 도맡아 했다. 지붕 아래서 장작을 팼고 마구간에 갇힌 말과 추위로 움츠러든 돼지와 닭들을 돌봤으며 불을 피우고 우물물을 길었다. 마지막으로 주인들이 먹을 수프를 끓이기 위해 약간의 고기를 구하러 나가기도 했다. 다른 생필품들은 전부 집 안에 있었다. 일주일 내내 눈이 내린다 해도 두려울 건 없었다. 저녁이 되자 또다시 눈이 내리기 시작했다. 눈은 쉬지 않고 격렬하게 퍼부었다. 적군의 침략을 막을 때처럼 문과 창문들을 다 닫고 빗장을 굳게 걸었다. 깊은 적막 속에서 집의 목소리가 덜덜 떨렸다. 산속 피난처에 와있는 것 같았다.

코지마

어머니와 언니들은 식당의 화덕 주위에 둘러앉았다. 그들 사이에 끼고 싶었던 코지마를 언니들은 쿡쿡 찌르며 밀쳐냈다. 어머니가 아무리 말려도 소용없었다. 아무 말 없이 꾹 참고 코지마는 부엌으로 갔다. 주위는 온통 연기로 뒤덮여 있었지만 거기 있는 편이 나을 것 같았다. 벽난로 앞에 앉은 하녀는 꾸벅꾸벅 졸고 있었고 하인은 추위를 타지 않는 진정한 남자라는 듯 불에서 멀리 떨어져 있었다. 그를 흉내 내고 싶어 하는 안드레아도 하인 옆에서 낮은 의자에 앉아있었다. 코지마는 하녀 옆에 앉아 살짝 기름지고 미지근한 그녀의 앞치마에 머리를 기댔다.

프로토라 불리는 하인은 시골 출신이었다. 키가 작고 땅딸했으며 풍성하고 각진 붉은 수염과 녹색 눈동자를 지닌 왠지 모르게 신부님 느낌이 드는 사람이었다. 프란체스코 성인의 선량함을 타고난 사람으로 신앙심이 매우 깊고 소박한 사람이었다. 그는 늘 성인들의 이야기를 들려주곤 했는데 코지마와 안드레아는 산적들이 등장하는 전설과 이야기들을 더 좋아했다. 그런 이야기들은 강도와 산적들의 친구였다던 또 다른 하인에게서 들을 수 있었다. 어린 주인들을 기쁘게 해 주고 싶었던 프로토는 결국 타협하기에 이르렀고 소설처럼 긴 이야기들을 들려주곤 했다.

"이 이야기는," 그날 저녁 그가 말했다. "꾸며낸 게 아니라 실제로 있었던 이야기랍니다. 제가 어릴 적에 있었던 일이죠. 제가 살던 깊은 산속 마을의 겨울은 이것보다 훨씬 더 길고 혹독했답니다. 목동들은 가축들을 몰고 평지로 내려가 겨울을 보냈고 여자들은 집에 머물렀는데 산양들이 먹잇감을 찾아 산꼭대기에서 내려오곤 했죠."

"늑대들도요?" 안드레아가 물었다.

"아니요. 늑대들은 없었어요. 우리는 선한 사람들이었고 짐승들도 그랬어요. 산양만큼 순한 동물은 없답니다. 야생 염소의 한 종류인데 염소보다 훨씬 멋지고 빨라요. 정말 순하답니다. 산양을 잡으러 멀리서 오는 사냥꾼들은 아주 잔인하고 예의가 없어요. 산양들보다도 못한 놈들이죠. 한번은 그 착한 동물 중 한 마리가 배고픔에 못 이겨 내려와서는 마을 끝에 있는 집 주위를 밤새 맴돌았답니다. 몇 달 전 부유한 목동이었던 약혼자가 남쪽으로 떠난 뒤부터, 그 집에는 젊은 아가씨가 혼자서 지내고 있었어요. 약혼자는 여행 중에 그만 폐렴에 걸렸고 타지에서 병상에 누워 있게 되었죠. 하인들이 가축들을 몰고 여행을 계속했답니다. 누구보다 마음 아팠던 건 약혼녀 아가씨였는데 약혼자를 만나러 가고 싶었지만 부모가 허락하지 않아 눈물로 밤을 지새우곤 했답니다. 그리고 그날 밤 그녀는 산양이 집 주위를 돌아다니며 부스럭거리는 소리를 듣게 됩니다. 처음엔 도둑인 줄 알고 깜짝 놀랐지만 어느새 둘이서 행복하게 지내던 집으로 사랑하는 이의 영혼이 그녀를 찾아왔다고 믿게 되었답니다.

그녀는 일어나 창문을 열었습니다. 눈이 내리지 않는 맑고 차가운 밤이었어요. 집까지 드리운 산비탈 그림자를 달빛이 환하게 비추고 있었습니다. 환한 빛 아래 아가씨는 먹잇감을 찾아 여기저기를 뒤적이는 산양을 보았답니다. 추위에 번쩍이는 구릿빛 털과 달빛에 빛나는 크고 부드러운 눈을 지닌 우아한 짐승이었어요. 분명 그의 영혼이야. 다른 세상으로 떠나기 전에 그가 산양의 모습을 하고 내게 인사를 하러 온 거야. 그녀는 생각했습니다. 아래층으로 내려가 문을 반쯤 열자 산양은 도망치고 말았습니다. 그녀는 겉옷을 챙겨 입고 밖으로 나가 산비탈 아래 오래된 성벽까지 갔습니다. 산양은 되돌아오지 않았고 아가씨는 아마도 그의 영혼이 아니었을 거라고 여겼죠. 집으로 돌아온 그녀는 건초와 보리가 가득 든 자루를 문밖에 가져다 놓았습니다. 잠시 후 굶주린 산양이 다가오는 소리를 들었어요, 다음날 밤에도 마찬가지였습니다. 셋째 날 밤에는 문을 열고 문지방 위에 자루를 놓았답니다. 난로 옆에 앉아있던 아가씨는 오락가락하던 산양이 다가와 먹이를 먹는 걸 보았어요. 네 번째 밤이 되자 문을 활짝 열고 자루를 부엌 안에 놔두었죠. 산양은 용기를 내어 집 안으로 들어왔습니다. 그렇게 둘은 서서히 친구가 되었습니다. 산양은 그녀를 지켜주었고 그녀의 고통을 덜어주었습니다. 매일 밤 그녀는 연인을 기다리듯 산양을 기다렸고 늦기라도 하면 근심에 빠졌습니다. 누군가 산양을 다치게 할까 봐서 아무에게도 자신의 모험담을 말하지 않았죠. 봄이 되자 건강을 되찾은 약혼자 알렉시오가 집으로 돌아왔고 그동안의 이야기를 털어놓자 그는 산양에게 왠지 모를 질투심을 느꼈습니다. 배고픔에서 벗어난 산양은 더 이상 산 아래로 내려오지 않았습니다. 게다가 날씨가 따뜻해지면 사람들이 산양을 사냥하기도 하니까요. 아가씨는 다시는 산양을 보지 못할 거라고 여겼습니다. 가을이 되자 약혼자와 결혼식을 올렸고 초겨울이 되자 남편은 가축과 하인들, 개들과 함께 또다시 길을 떠났습니다. 그리고 추위로 꽁꽁 얼어붙은 밤이 되자 예전과 마찬가지로 산양이 돌아왔습니다. 뿔로 문을 두드리는 소리를 들은 그녀는 미리 약속이나 한 듯 두근거리는 가슴으로 내려가 문을 열었습니다. 이야기는 또다시 시작되었습니다. 산양은 집에서 기르는 개처럼 친숙하게 부엌을 돌아다니며 불 앞에 다가가기도 했습니다. 신부는 산양에게 그동안의 이야기를 들려주었습니다. 그녀는 마을의 다른 여자들처럼 미신을 믿지는 않았습니다. 영혼들 아니, 때로 살아있는 사람들도 밤이 되면 짐승으로 변한다는 그런 이야기들 말이에요. 약혼자가 병들어 슬픔에 빠졌을 때 처음으로 산양이 나타났던 그 순간에만 믿었을 뿐이죠. 이토록 멋진 창조물이 오로지 그녀만을 위한 존재임에 그녀는 정말이지 행복했습니다. 한낱 짐승이었지만 그녀를 몹시 따랐으니까요. 그녀 또한 산양을 어찌나 아꼈던지 집안에 두고 기르고 싶을 정도였지요. 하지만 가둬만 두는 게 가여워 갈 때가 되면 문을 열어 주곤 했어요. 정말 중요한 이야기는 이제부터랍니다. 크리스마스가 되자

코지마

남편이 집에 돌아왔어요. 그녀는 이야기를 할까 말까 망설였습니다. 불안감을 감추지 못했죠. 첫날밤처럼 그녀는 건초와 보리가 든 자루를 문밖에 가져다 놓았습니다. 다음 날 아침이 되자 자루는 그대로 있었어요. 산양은 오지 않았고 신랑이 마을에 머무는 동안 한 번도 찾아오지 않았습니다. 그러자 어린 신부에게도 미신을 믿는 마음이 생겼습니다. 그래, 맞아. 사람과 비슷한 무언가가 산양에게도 있는 게 틀림없어. 단순히 야생 동물이라고 하기에는 너무 똑똑하단 말이야. 한편으로는 누군가 산양을 죽였을지도 모른다고 생각하며 왠지 모를 아픔을 느꼈습니다. 눈치를 챈 신랑은 신부를 보고 웃어야 할지 골려 주어야 할지 몰랐습니다. 누군가 신랑을 찾아와 마을에 이상한 소문이 돈다고 알려주었기 때문이죠. 결혼한 지 얼마 안 된 신부가 밤이 되면 먼 곳에서 찾아온 비밀스러운 남자에게 문을 열어 주는 걸 보았고 남자는 형체를 알아볼 수 없을 정도로 뜀박질하며 가더라는 이야기였습니다. 또다시 남편이 떠났고 그가 없는 집은 다시금 슬픔에 잠겼습니다. 눈이 내려 마을을 온통 뒤덮었습니다. 신부는 뜬눈으로 밤을 지새웠습니다. 오지 않을 친구를 그녀는 기다렸지요. 그러나 초자연적인 본능에 이끌리기라도 한 듯 산양이 찾아왔습니다. 그녀는 떨리는 마음으로 산양을 맞아 먹이를 주고 쓰다듬어 주었습니다. 심장이 빠르게 뛰었고 그르렁거리는 산양의 말소리가 들리는 것만 같았습니다. 이번에는 산양을 빨리 보내지 않고 찬찬히 살펴

보았습니다. 이대로 집안에 두고 싶은 충동을 느꼈죠. 어찌나 나쁜 생각이던지. 마침내 문을 열기로 그녀는 결심했고 친구는 떠납니다. 잠시 후 눈으로 뒤덮인 새하얀 벽 뒤에서 한 발의 총성이 울립니다. 산양이 그 자리에서 쓰러지고 거대한 침묵을 뚫고 개들이 짖는 소리와 창문들이 열리는 소리가 들려옵니다. 모든 게 잠잠해지길 기다린 그녀는 밖으로 나갔습니다. 오래된 성벽을 밝히는 달빛 아래 죽임을 당한 산양을 발견합니다. 부릅뜬 두 눈이 아직도 고통으로 반짝입니다. 두 손으로 산양을 눈에 묻은 그녀는 밤새 눈물을 흘렸습니다. 아무에게도 그 일을 말하지 않았습니다. 눈이 녹고 산양의 시체가 발견되었을 때 사람들은 배고픔과 동상으로 죽은 거라 여겼습니다. 집으로 돌아온 남편에게조차 그녀는 아무 말도 하지 않았습니다. 그리고 엄청난 사건이 벌어집니다. 9월이 되자 젊은 신부는 아기를 낳았습니다. 산양과 같은 구릿빛 머리카락과 크고 부드러운 눈을 지닌 예쁜 아기였습니다. 그러나 아기는 벙어리에 귀머거리였답니다."

코지마는 그의 이야기가 마음에 들었다. 하녀의 앞치마에 머리를 기댄 그녀의 기분은 꿈처럼 몽롱해졌다. 프로토가 살던 마을, 세월의 흔적으로 검게 변한 판자로 덮인 집들, 달빛에 반짝이는 눈 덮인 산들, 그러나 무엇보다 육체적으로 다가오는 신비로운 이야기가 그녀에게 깊은 감동을 불러일으켰다. 침묵의 결말, 정말이지 거대하고 무시무시하고 심각한 일들, 초자연적 심판이 담긴 신화, 실수와 형벌, 인간의 고통에 대한 끝없는 이야기.

눈은 며칠 동안 쉬지 않고 내렸다. 최악의 시기는 14일간 계속된 따뜻한 남동풍이 몰고 온, 돌풍을 동반한 폭우였다. 연기는 더 이상 부엌 밖으로 나갈 생각조차 하지 않았다. 창문 안으로 비가 들이쳤고 지붕 아래에서도 떨어졌다. 물줄기가 창고를 덮치자 안토니오 씨는 서둘러 기술자를 불러 철로 된 배수관을 만들도록 했고 사람 두 명을 붙여 창고의 물을 길가로 빼도록 했다. 길 또한 급류에 휘말렸다. 밭도 연못이었다. 사방에서 물이 새는 한 척의 배 같았다.

딸들은 전부 앓아누웠다. 코지마도 목이 아팠고 고열에 시달렸다. 놀랍고 이상한 것들이 꿈에 나타나기 시작했다. 일층 방 침대에 누워 이따금 정신이 돌아오면 곁을 지키는 어머니의 창백한 얼굴이 보였고 축축한 수련이 스치고 지나간 듯한 서늘함을 느꼈다. 성 안토니오 축제일이 되자 꽃에서 커다란 이슬 한 방울이 떨어지는 것처럼 보였다. 뜨거운 이슬이었고 짠맛이 느껴졌다. 이제껏 맛본 적 없는 진한 고통의 맛이었다.

딸들의 안부를 묻기 위해 집에 찾아온 친척들이 걱정을 드러내지 않으려 쾌활한 목소리로 물었다.

"잔칫날이 오늘 맞지요? 음식 준비를 도와 드리러 왔어요. 우유

담는 도기가 어디에 있죠?"

"잔치 때 쓰는 도기는 위층에 있는 딸들 방에 있어요." 어머니가 쉰 목소리로 대답했다. 방에 들어간 친척은 숨을 거둔 조반나를 발견했다. 다섯 명의 딸 중 가장 아름다운 아이였다.

조반나가 세상을 떠난 뒤 어머니는 바뀌었다. 늘 진지했던 그녀는 우수에 젖어 침묵했으며 자기만의 세계 속에 자신을 가뒀다. 어떤 보상도 바라지 않고 의무감으로 자식들과 집안일을 돌보았고 기계에 가까운 냉정함을 유지했다. 그녀는 여전히 젊고 아름다웠고 아담한 체구였지만 우아함을 간직하고 있었다. 하지만 때로 늙고 구부정하고 지쳐 보였다. 그녀가 간직한 슬픔의 비밀은 이십 년이나 차이 나는 남자와 사랑 없는 결혼을 했기 때문일지도 모른다. 그는 아내와 가족만을 위해 헌신적인 삶을 살았지만 젊은 여성들 누구나 필요로 하는 만족과 기쁨까지 줄 수는 없었다. 어머니는 책임감이 몹시 강했기에 가정의 울타리 밖에서 사랑을 찾을 수 없었다. 단 한 번이라도 그녀가 사랑이란 걸 했던 적은 있었을까? 결혼 전 젊고 가난한 남자에게 마음이 끌렸던 적이 있었노라 고백한 적이 있었지만 아무도 그가 누구인지 몰랐고 어쩌면 존재하지 않는 남자였는지도 모른다. 환상적인 사랑에 대한 기억을 품고 살아가는 여자들은 적지 않다. 진정한 사랑은 위대한 신의 존재처럼 다다를 수 없는 신비인지도 모른다.

그런가 하면 어머니의 가족들에게는 조금 이상한 면이 있었다.

외할아버지를 두고 누군가는 제노바 출신이라고 했고 심지어 스페인 출신이라고도 했는데, 실제 그는 타지에서 와서 여러 가지 직업을 거쳤다. 마지막으로 그는 언덕 위에 있는 작은 집과 농지의 주인이 되었는데 은둔자처럼 움막에 살면서 텃밭에서 농사를 짓고 새들과 길고양이들을 돌봤다. 그에 비해 자식들은 다 잘되었는데 작달막한 체구의 외할머니가 자식들을 정성스럽게 길렀기 때문이었다. 한 아들은 신부, 다른 아들은 근처 마을 시청의 서기가 되었고 딸들도 전부 시집을 보냈다. 마을 사람들은 자신들과 다른 그들을 미치광이로 여겼다. 사람들의 놀림감이었던 은둔자의 자식들은 주의가 산만했고 몽상가들이었으며 예리한 진실이 담긴 대화를 나눴다.

그와 같은 사람들과 더불어 사는 환경 속에서 어린 코지마는 자라났다. 이제 막 일곱 살이 된 그녀는 초등학교 4학년을 다시 다니는 큰언니와 함께 학교에 다녔다. 학교로 쓰이는 수도원까지의 여행은 그녀에게 모험과도 같았다. 좁고 울퉁불퉁한 길을 따라 내려가 가난한 사람들이 사는 작은 집들을 가로지르면 빳빳한 커튼이 창문에 드리워진 발코니가 딸린 높은 집들이 모여 있는 귀족적인 광장에 다다랐다. 광장 한구석에는 바닥에 앉아 바구니에 담긴 채소를 팔며 이야기를 나누는 장사치들이 보였다. 대부분 주인의 텃밭에서 기른 채소들을 내다 파는 하인들이었다. 이따금 해안가 마을에서 생선이나 수박, 멜론으로 가득 찬 수레를 끌고 온 사람이 나타나 먹성 좋은 사람들의 구미를 당기기도 했는데 안토니오 씨도 예외는 아니었다. 숭어 일 킬로그램과 향긋한 멜론을 바둑판무늬가 있는 보자기에 싸 들고 집에 오곤 했다.

광장에서 시작되어 마을 전체를 향해 곧게 뻗은 큰길은 비아 마조레라 불렸다. 기다란 시청 건물에 있는 회랑과 처마의 생김새에 코지마는 경탄을 금치 못했다. 조금 더 내려가면 유리문이 달린 카페가 있는데 안에 놓인 거울과 소파들 또한 코지마에게는 경이로운 물건들이었다. 곳곳에 자리한 상점들은 수예점과 포목점과 식품점들이었다. 그중 우리의 꼬마 학생의 가장 큰 관심을 끈건 카를리노 씨가 운영하는 서점이었는데 언어라는 흔적, 아니 인간의 사고를 옮겨 적는 공책과 잉크, 펜들을 파는 곳이었다. 코지마는 이미 그 위대한 흔적 중 일부를 옮겨 쓸 수 있었고 세바스티아노 삼촌에게 배운 덕택에 초등학교 1학년을 건너뛰고 2학년을 다녔다. 수도원에는 두 개의 입구가 있는데 하나는 남학생, 다른 하나는 여학생들을 위한 것이다. 짤막한 외부 계단을 지나 밝고 깨끗한 긴 복도로 들어가자 교실들이 펼쳐져 있다. 수도원의 향기가 남아있는 작은 교실들, 철장으로 무장한 창문 밖으로 녹색 밭들이 보이고 아래편 골짜기에서 포플러나무와 갈대가 바스락거리는 소리가 들렸다. 초록빛 새들이 창턱에 다가와 앉곤 했다. 10월 초의 구릿빛 구름이 쨍하고 진한 하늘을 배경으로 낮게 순환하며 지나갔다. 침묵 속에서 선생님의 목소리가 험준한 산비

코지마

탈을 오르다 도태된 염소들을 부르는 목자의 소리처럼 울려 퍼졌다. 크고 촉촉한 하늘색 눈의 여학생들은 다해서 열다섯 명 정도였다. 생각의 풀을 뜯는 감옥에서 벗어나 아직 메마른 실개천을 따라 비탈진 언덕을 내달려 포플러나무에 기어오르고 싶은 생각뿐이다. 여학생들은 대부분 촌뜨기였고 개중에는 코지마처럼 유복한 집안 출신의 아이들도 있었다. 그녀의 짝꿍들은 목동들의 딸이었고 다른 한 명은 대장장이의 딸이었는데, 극심한 가난을 피해 먼 곳에서 온 그 아이의 아버지는 마을과 조금 떨어진 곳에 있는 동굴에서 기거했었다. 일이 차츰 잘 풀려 지금은 좋은 집과 밤낮을 가리지 않고 일하는 작업장도 갖게 되었다. 선생님 또한 이지역 출신이 아니었다. 바다 건너 머나먼 곳, 대륙이라 불리는 곳으로부터 온 분이었다. 금발의 곱슬머리 선생님은 아름답고 성미가 급했으며 신경질적이었다. 그녀에게 친절을 베푸는 건 그나마 코지마뿐이었는데, 초점 없는 눈으로 미동조차 없이 창가에 앉아 있는 그녀의 모습에 코지마는 이내 불신을 느꼈다.

일 년 중 9개월 동안 코지마는 같은 자리를 지켰다. 제일 어렸지만 가장 뛰어났고 수업 시간에는 누구보다 열심이었다. 장학사가 학교에 찾아올 때면 질문을 받는 건 늘 그녀였다. 커다란 머리와 짙은 얼굴빛의 장학사가 소름 끼칠 정도로 싫었지만 코지마는 좋은 인상을 주려고 노력했다. 한편으로는 그를 동경하기도 했다. 장학사라는 존재는 거룩한 지식의 방주였다. 신부님들이 성스러운 책들을 대하듯 그 또한 문자가 쓰인 종이들과 인쇄된 페이지들을 해독할 수 있었다. 코지마에게는 지식에 대한 커다란 목마름이 있었다. 장난감보다 공책을 더 좋아했다. 선생님이 칠판에 남기는 새하얀 분필 자국들은 별이 빛나는 밤에 짙은 하늘을 향해 열리는 창문과도 같은 열정을 불러일으켰다.

코지마는 시험을 치르지 않고 학년을 올라가게 되었고 선생님은 안토니오 씨에게 행운의 소식이 담긴 편지를 전달하도록 했다. 승리의 깃발처럼 휘날리며 그녀가 편지를 집으로 가져가자 기분이 상한 언니는 여동생을 꼬집어 뜯으며 밀쳐냈다. 편지를 열어본 아버지는 이상하리만치 차가운 반응을 보였다. 그의 가는 입술에서 냉소적인 미소가 번져 나갔다. 선생님의 남편은 잘 알려진 술주정뱅이였고 그녀 또한 포도주를 마다하는 법이 없다고들 했다. 심지어 아버지에게 돈을 꾼 적도 있었다. 현실을 반영한 비극적인 희극의 일 막과도 같은 그 사건은 코지마에게 인생의 실질적인 교훈을 안겨 주었다.

4반 수업을 다시 들어야 했지만 3년에 걸친 학교생활의 나머지는 빠르게 지나갔다. 흰 표지에 금색 띠가 둘린 톰마세오의 책으로 코지마는 쉽게 최고상을 받을 수 있었다. 이제 그녀는 열 살이 되었고 또래보다 조숙한 소녀로 성장했다.

그 무렵 먼 곳에서 온 유난스러운 두 가족이 이따금 마을에 머물곤 했다. 그중 하나는 지칠 줄 모르는 사냥꾼이자 무기 상인의 가족으로 부인과 젊은 딸들에게 고함을 지르는 소리가 온 동네에 울려 퍼졌다. 세상을 두루두루 구경한 그 집 딸들을 통해 코지마는 여자와 남자가 외로움을 느끼게 되는 신비로움에 눈을 뜨게 되었지만 혼란스럽지는 않았다. 순수한 가풍에서 성장한 그녀의 감정은 채 피어나지 않은 꽃봉오리 같았다. 그 반면 자연에 관한 것들은 희고 어슴푸레한 새벽의 여명처럼 새로운 시선으로 그녀에게 다가왔다. 이국적인 친구들과 나누는 낮고 비밀스러운 이야기들보다 작은 텃밭에서 풍기는 다양한 향기, 백합의 향과 무엇보다 장미의 향이 그녀를 자극했다. 갓 피어난 꽃송이에 얼굴을 갖다 대고 그녀는 살며시 눈을 감았다. 자신보다 먼저 살다가 세상을 떠난 이들, 체구가 작은 외할머니를 보며 느꼈던 잠재의식 속 신비로운 감정이 그녀를 강하게 사로잡았다. 코지마는 그런 감정에 대해 이미 익숙했고 꿈을 해석하듯 막연하게나마 설명하려고도 했다. 집 안에 있는 오빠의 책들을 몰래 읽을 때면 그녀의 삶과 동떨어진 먼 곳에서의 삶, 예전에 이미 알고 있던 것만 같은 먼 곳에서의 삶에 대해 생각했다. 어린 나이에 그녀는 처음으로 소설이란 걸 읽게 되었고 샤토브리앙이 쓴 〈순교자들〉은 그녀의 환상 깊이 흔적을 남겼다.

그러나 코지마가 속한 환경은 지극히 현실적인 삶이었고 때로 평소와 다른 빛깔을 띤 일들이 벌어지기도 했다.

어느 날 가장 인상적이고 고통스러운 사건이 벌어졌다. 열쇠로 잠가둔 금고 안에 보관한 돈이 사라졌다는 걸 아버지가 알게 된 사건이었다. 아버지는 한 치의 망설임도 없이 열여섯 살이었던 아들 안드레아를 불러 긴 심문을 했다. 안드레아는 공부하기를 싫어하는 키가 작고 통통한 소년이었다. 같은 동네에 사는 부유하고 난폭한 소년들과 어울려 다녔다. 시내에서 가장 타락한 지역인 산 피에트로 지역의 오두막 앞에는 문란한 여자들이 걸터앉아 피가 끓고 철이 없는 소년들에게 추파를 던지기도 했다.

속마음은 착하고 정이 많지만 아직 야만성이 강했던 소년에게 지나친 자유를 주었음을 안토니오 씨는 뒤늦게 깨달았다. 과거에 대한 후회와 앞날에 대한 두려움에서 나온 조용한 분노로 안드레아를 추궁하며 강압적으로라도 버릇을 고치려 했다. 소년이 돈을 훔친 사실을 부정하자 아버지는 그의 몸을 뒤졌다. 동전 몇 개와 금고를 여는 열쇠가 나왔지만 안드레아는 계속 사실을 부인했다. 그러자 안토니오 씨는 밧줄을 가져와 부엌에 있는 대들보에 걸었다. 문과 창문들을 닫고 여자들을 밖으로 내보냈다. 그리고는 침착하게 말했다.

"안드레아야, 잘 보아라. 내가 스스로 너를 심판하겠다. 잘못을 인정하지 않는다면 내 손으로 너의 목을 매달 것이다."

안드레아는 자백하지 않을 수 없었다.

모든 게 지나갔으나 가족들에게는 그늘이 남았다. 사건이 벌어진 뒤 아버지와 아들 사이에는 전에 없던 두려움과 죽음의 광기가 흘렀다. 어머니의 슬픔은 깊어만 갔고 코지마는 바람에 꺾인 백합처럼 의기소침해졌다.

다행히도 소년은 곧장 자신을 바로잡는 듯했다. 쓸데없는 공부를 계속하느니 일을 하겠노라고 선언했다. 아버지는 안드레아가 자신의 사업을 돕도록 했다. 석탄과 숯 작업장을 관리하도록 숲과 산속으로 보냈을 뿐 아니라 나폴리와 리보르노에서 사업을 하는 동료들에게 추천서를 써서 상거래를 배우는 여행을 떠나도록 했다.

산투스 또한 집을 떠났다. 2년 전부터 그는 이 섬의 중심 도시인 칼리아리의 고등학교에 다녔다. 문학이나 의학으로 학위를 딸 예정이었던 그는 문학의 끈을 놓지 않은 채 의학의 길을 택하고 싶어 했다. 산투스가 방학을 보내기 위해 집에 돌아올 때면 새로운 삶의 충만한 기운이 집안에 생기를 불어넣었다. 책과 선물들을 들고 온 그의 옷차림은 검소하지만 세심하고 우아했다. 그는 아름다웠다. 또래와 달리 얼굴선이 가냘팠고 연하고 투명한 두 눈은 총명함과 선함으로 가득했다. 말수는 적었지만 말솜씨가 뛰어났고 비상한 기억력에서 나온 깊고 방대한 교양을 지니고 있었다. 더욱 놀라운 건 엄격하리만치 성실한 그의 생활 습관이었다. 담배를 피우지 않았고 술도 안 마셨으며 여자들에게 눈길을 주지도 않았다. 늘 공부에만 열중했고 방학 동안에도 마찬가지였다.

이따금 그의 학교 동료가 집에 찾아오기도 했다. 이름은 안토니노였고 갈색 머리에 장난기 있는 미남으로 유행에 맞는 근사한 옷차림을 하고 있었다. 여름에는 망사 리본을 두른 밀짚모자를 썼고 겨울이면 다눈지오 시인처럼 우아하게 늘어지는 하늘색 망토를 걸쳤다. (안토니노는 코지마의 마을을 방문했던 가브리엘레 다눈지오 시인을 가브리엘레라는 친근한 이름으로 부르곤 했다).

안토니노 역시 농민과 지주의 피가 뒤섞인 가문 출신이었다. 그의 어머니와 누이들은 늘 멋진 옷을 차려입었고 안토니노를 비롯한 남자 형제들은 귀족적인 분위기를 풍겼다. 감탄스럽도록 고상한 영혼을 지닌 세금 징수원이었던 그의 아버지는 단순하고 말수가 적었으며 (신사들 대부분이 그렇듯) 이탈리아어를 제대로 구사하지 못했다. 그들이 사는 집은 정말이지 특별했다. 마을 끝자락에 낮게 지어진 정원이 딸린 집이었는데 그들 가족 외에도 다른 친척들과 아이들이 함께 모여 살았다. 순수하고 똑똑한 사람들의 집단이었다. 학교에 다니는 아이들은 장난기 있는 날카로운 관찰자들 같았다. 언덕 위 부드러운 경사면에는 산들이 바라보이는 멋진 포도밭이 있었는데 가족들의 쉼터이기도 했다. 안토니노의 아버지는 후에 포도밭 한구석에 작지만 높은 집을 한 채 지었는데 학생들이 마을에 와 있는 몇 달 동안 공부하거나 공부하는 시늉을 하며 지내는 아지트가 되어 주었다.

코지마에게는 안토니노가 첫사랑이자 오랜 사랑이었다. 그가 산투스를 만나러 집에 올 때면 눈이 마주칠까 몸을 숨기곤 했다. 하지만 그럴 리 없었다. 그녀의 곁을 그리고 그녀보다 더 아름답고 노련한 언니들의 곁을 그는 눈길 한번 주지 않고 지나쳤다. 산투스를 찾아온 이유는 도시에서 알게 된 사람들과 학업에 대해 이런저런 이야기를 나누기 위해서였다. 안토니노는 산투스의 총명함과 독창성에 매료되어 있었다.

미래의 의사 선생님은 평소와 달리 학업 외에 다른 일에 몰두했다. 예를 들면 그 당시 하늘을 나는 풍선이라 불리던 물건을 멋지게 만들어냈다. 산투스가 사용한 도구의 비밀은 아무도 몰랐지만 비단 종이로 만든 풍선은 어머니의 지원금을 받아내는 데 성공했다. 어느 화창한 날, 가볍고 거대한 형형색색의 비누 거품 같은 것이 집 정원에서 위로 둥실 떠올랐다. 모두의 관심과 감탄 속에 풍선은 마을 위로 날아가 사라지더니 되돌아오지 않았다. 며칠 후 산투스가 만든 그 물건이 불타지 않고 산 중턱에 내려앉았다는 사실이 알려졌다. 빛나는 황혼을 배경으로 바위 위에 떠도는 무언가를 본, 염소를 모는 어린 목동들은 초자연적인 존재라 여겼고 그 물건이 아래로 내려오자 주술적인 두려움에 사로잡혀 소리를 지르며 무릎을 꿇었다. "성령이시여, 거룩한 영혼이시여."

성공의 즐거움을 만끽한 학생은 또 다른 시도를 했다. 풍선처럼 날아올라 깜짝 놀랄만한 불꽃놀이를 펼치는 불꽃을 만들어내는 바퀴였다. 몇 번의 시도는 성공적이었고 높은 곳에서 불빛을 발했다. 8월의 어느 저녁, 반짝거리는 꽃들이 연속적으로 터지는 장관이 모두의 눈앞에 펼쳐졌다. 그러나 바퀴를 쏘다 불이 붙는 바람에 가족들 모두를 깜짝 놀라게 했다. 젊은 발명가는 손과 팔에 심한 화상을 입었다. 실패와 화상으로 인해 그는 실망했고 침대에 누워 있어야만 했다. 통증을 줄이고 잠을 재우기 위해 의사는 산투스에게 코냑을 섞어 만든 음료를 먹였다. 잠이 든 그는 마법의 음료로 건배를 한 것처럼 비틀거리며 다시 눈을 떴다. 통증을 견딜 수 없다고 하면 음료를 준비했고 그는 또다시 최면에 빠져들기를 반복했다. 그의 기분도 달라졌다. 툭하면 화를 냈고 이전과 달리 게을러졌다. 책을 멀리했고 어디로 간다는 말도 없이 온종일 집을 비우기 일쑤였다. 안토니노와 함께 있는 동안에만 그는 즐거워 보였다. 맨 꼭대기 층 방문을 걸어 잠그고 오랜 시간 둘이서 머물렀다. 호기심과 열정이 발동한 코지마는 계단참에 앉아 문학에 관해 토론하며 의견을 나누는 그들의 우렁찬 목소리를 엿들을 수 있었다. 안토니노는 그가 좋아하는 시의 마지막 구절들을 낭송했다. 어느 날 아침 가부장적인 작은 집의 낮고 청명한 정적 속에 그의 목소리가 평소보다 더 크게 울려 퍼졌다. 연인들과 아름다운 여인들과 행복한 사람들로 붐비는 환한 분수와 조각상 그리고 정원들이 있는 머나먼 도시의 이야기를 들려주는 소리가 음악처럼 퍼져 나갔다.

코지마

내가 좋아하는 밝고 온화한

아침을 몇 번이나 맞았던가!

그녀는 아직 침대에 누워

아침의 꿈을 꾸며 웃고 있네.

바르베리니 광장 위로

사파이어처럼 순수한 하늘이 열린다.

베르니니의 포세이돈이 청량함을 내뿜는구나.

그 시기에 할머니가 세상을 떠났다.

여름은 어느 때보다 행복한 계절이었다. 무덥고 쨍쨍하고 빛나는 더위가 이어지는 나날들. 푸른 하늘은 수로아가[†]의 그림처럼 나지막했다. 불에 탄 것처럼 새카맣게 그을려 광산에서 돌아온 하인은 말라리아에 걸렸다. 그는 열이 펄펄 끓어올랐고 처마 구석에 깔개를 깔고 드러누웠다. 여인들은 해마다 찾아오는 장사치에게 팔기 위해 정원 그늘에서 아몬드 더미를 잘게 부쉈다. 깔깔 웃으며 마을 이야기가 담긴 노래를 부르는 그들의 목소리는 산투스의 방에서 격조 높은 낭송을 펼치는 안토니노의 목소리와 묘한

---

† 20세기 전반기에 활동했던 스페인 화가-옮긴이

대조를 이뤘다. 내면에서 우러난 열정으로 타오르는 그들의 노랫소리는 태양에 그을린 대지와 하늘 같았다. 젊은 갈색 머리 여인들의 관심사는 오로지 사랑뿐이었고 누군가는 하나뿐인 연인을 위하여 나는 가시밭에서 살고 있노라 불평을 늘어놓기도 했다. 연인을 향해 사투리로 이렇게 말하는 이도 있었다.

생긴 건 멀쩡한 놈이 우째
유다 같은 배신자라는구먼.
잘생긴 당신은 유다 같은 배신자

산 채로 마음의 피를 빨아 먹히고 싶다며 누군가를 불러들이는 이도 있었다. 때로 한 여인의 절규하는 목소리가 그녀들의 열정을 질책했는데 그럴 때면 여인들의 합창은 겁먹은 듯 잠잠해졌다. 질책의 목소리는 말했다.

전쟁터 군인 양반,
신을 기억하는 걸
잊었다고들 하더구먼,
돌아오너라 내 몸뚱이여,
땅속 깊이 묻힌 후에.
전쟁터의 군인은 신에 대한 기억을 잊었다고들 말한다.

신을 기억하지 않는다고.

돌아오라 나의 육신이여,

땅속 깊은 곳에 묻힌 후에.

저녁이 되어 여인들이 돌아가면 씨를 빼낸 아몬드를 깨끗한 자루 안에 담았다. 하녀와 딸들, 때로 어머니가 꿈나라를 여행하는 큰 곰 자리 아래 정원 그늘에 앉아있었다.

말라리아에 걸린 하인은 병세가 호전되었고 자리에서 일어나 가족들과 수다를 떨었다. 올리브색 피부에 새하얀 치아를 지닌 잘생긴 청년은 안토니오 씨의 먼 친척이었다. 에티오피아 사람처럼 생긴 그는 사고방식에서 야생적인 색채가 묻어났다. 그는 늘 산적들의 모험에 대한 이야기를 했다. 덧붙이자면 당시 지역에서의 산적 행위는 거의 서사시적인 성격을 지니고 있었다.

마을과 지역사회의 삶을 비통하게 만든 피비린내 나는 사건들은 가족에 대한 증오, 복수에 대한 갈증, 명예에 대한 편견으로부터 비롯되었다. 젊은 하인은 자신만의 환상을 버무려 산적들의 모험을 미화시켰다. 자유에의 꿈과 서부극 같은 사건들에 대해 허풍을 떨었다. 무엇보다 사회적 법규에 대한 반항심을 핑계로 용기와 능력, 강한 영혼 그리고 시대와 죽음에 대한 자신의 경멸심을 합리화시켰다. 비록 자유롭지는 않았지만 하인이라는 운명의 굴레에서 벗어난 일종의 무정부주의자였다. 힘을 얻기 위해서는 다른 사람들의 소유를 탈취해야 한다는 것이 그의 인생 규칙이었다.

당시에는 무장한 남자들로 구성된 하나의 조직이 모든 걸 결정하고 보호했다. 우정인지 공범인지 아니면 두려움 때문이었는지 다수의 추종자들이 생겨났고 조직은 영지 안에서 맹위를 떨치게 되었다. 조직의 두목은 두 형제였는데 젊고 무시무시하고 잔인하다고들 했다. 결백했지만 유죄 판결을 받은 뒤로 그들은 부당한 사회를 증오하게 되었다고 한다. 비록 형을 살지 않고 도피했지만 말이다. 본능적으로 아니면 불행과 좌절로 인해 그들은 다른 이들의 소유를 존중하지 않았고 그렇게 몇 년 만에 많은 재산을 모았다. 토지와 집들, 가축들, 하인들과 목동들.

여름이 끝나갈 무렵 어느 날 아침, 소녀처럼 보이는 젊은 여자가 안토니오 씨를 찾아와 이야기를 하고 싶다고 청했다. 업무를 처리하는 방에서 그녀를 맞은 안토니오 씨는 원하는 게 무엇인지 부드럽게 물었다. 창백하고 갸름한 얼굴에 옷을 잘 차려입은 그녀는 진한 눈썹 아래 크고 검은 두 눈을 지니고 있었다. 겸손한 말투로 그녀가 말했다.

"당신은 오르토베네 산에 가시나무 숲을 소유하고 계시죠? 도토리를 먹여 돼지들을 키우는 목초지를 매년 임대하시는 걸로 압니다. 돌아오는 계절에 저희에게 세를 주셨으면 합니다."

"거기는 이미 세를 주었소만."

안토니오 씨가 말했다.

"가축들을 소유한 엘리아스 포르쿠 씨에게 3년 동안 단독으로 사용할 수 있는 권한을 주었소."

"당신이 허락한다면 엘리아스 씨는 기꺼이 제게 권한을 넘길 겁니다."

"그렇게 생각하지는 않소. 그 사람에게도 절실히 필요할 테니."

"당신이 압력을 넣으면 엘리아스 씨는 바로 제게 넘길 텐데요."

안토니오 씨는 주먹으로 테이블을 살짝 내리쳤다. 그리고 차분하지만 확고한 목소리로 대답했다.

"나는 누구에게도 부당한 압력을 행사하지 않을 겁니다."

"하지만 이건 정당한 일인걸요. 제 오빠들은 도토리를 먹여 돼지들을 키울 수 있는 목초지를 필요로 해요. 주인들 모두가 이미 자기 땅을 임대했다고 하지만 거짓말이에요."

"다른 땅 주인들이 뭐라고 하는지 난 모르겠소. 내가 아는 건 내 숲은 이미 임대했다는 것이오. 그러니 그만합시다!"

주먹을 들어 올리며 그는 말을 끝냈다. 그녀를 치지 않고 테이블 위에 다시 주먹을 올려놓았다. 은색을 띤 그의 눈빛이 금속처럼 날카롭게 빛났다.

소녀는 포기하지 않았다. 거친 눈썹 아래 암흑 같은 그녀의 눈이 빛이 뿜었다.

"당신은 제 오빠들이 누군지 아시나요?"

상대방이 관심을 보이지 않자 영웅의 혈통을 자랑하듯 그녀는 대담하게 덧붙였다.

"제 오빠들은…"

그리고는 이름을 말했다. 산적들이었다.

안토니오 씨는 미소를 지었다.

"동화 속에 나오는 일곱 형제라 해도, 숨어 지내던 산에 본인들의 이름을 붙인다 해도 난 엘리아스 포르쿠 씨와의 약속을 저버릴 수 없소. 그러니 그만 하시오!"

그리고 이번에는 편지를 봉인할 때처럼 쾅 하고 주먹을 내리쳤다. 자리에서 일어난 소녀는 인사조차 없이 나가 버렸다. 안토니오 씨는 가족들에게 아무 말도 하지 않았지만 다들 그녀의 불편한 방문을 알아차렸다. 이상한 일은 그날 저녁에 벌어졌다. 모두가 잠든 깊은 밤, 식탁에 앉아 좋아하는 기사가 실린 가톨릭 신문 과월호를 읽으며 집주인 홀로 깨어 있을 때였다. 어느 순간 누군가 조심스럽게 문을 두드렸다. 심상치 않은 방문의 목적에 대해 생각할 틈도 없이 안토니오 씨가 문을 열었다. 거리는 캄캄했고 현관 복도에서 새어 나오는 빛만이 문을 비추고 있었다. 어두운 바탕 위에 그려진 그림 같은 희미함 속에서 누런 소매가 달린 거칠고 검은 옷을 입은 거대한 방문객이 모습을 드러냈다. 마치 악마 같았다. 황동색 얼굴은 목까지 덮는 반질반질한 검은 수염으로 뒤덮여 있었고 그 사이로 피처럼 새빨간 입술이 보였다. 여동생과 똑 닮은 눈썹은 과할 정도로 숱이 많았고 눈 속에는 하늘색 각막으로 뒤덮인 커다란 동공이 있었다.

'이제 어떻게 해야 하지.' 안토니오 씨는 생각했다. 억지 미소를 짓지 않고 남자더러 안으로 들어오라고 말했다. 커다란 덩치에도 불구하고 그의 걸음걸이는 사슴처럼 조용하고 가벼웠다. 큰 발에 거친 가죽신을 신었고 모직으로 된 발 토시 아래 끈을 동여맸다. 잘못을 저지른 장소로부터 재빨리 도망쳐 확실한 알리바이를 만드는 강도나 신을 법한 신발이었다.

'이놈이 오늘밤 내 목을 조르겠군.' 안토니오 씨는 생각했지만 어쨌든 그를 응접실로 안내했다. 테이블의 가장 좋은 자리에 앉도록 했고 그의 안전을 보장한다는 걸 증명하려는 듯 서둘러 마실 거리를 권하지 않았다.

안토니오 씨가 질문을 던지기 전에 남자가 먼저 입을 열었다. 그의 목소리는 낮고 조용했으며 말투는 느리고 신중했다. 안토니오 씨는 곧장 안심했다. 사람의 모든 것 심지어 눈빛조차도 속일 수 있지만 목소리만은 그렇지 않다. 남자의 목소리는 잘못된 것을 쳐부수기 위해 아래편 돌산에서 찾아온 외눈박이 거인 내지는 현자와도 같았다. 그의 요지는 자신의 조직원들에게 도토리나무 숲을 임대해 달라는 것이었다. 호의를 베풀어 달라거나 공범이 되어 달라는 요청이 아니었다. 정체를 드러내지 않으려는 교활하고 용의주도한 처신이었다. 친구들 이야기로 그는 말을 시작했다. 멧돼지 사냥꾼들처럼 약탈을 일삼는 적들 사이에서 그는 친구들을 사귈 수 없었다고 했다. 그와 같은 적들이 두 형제가 소유한 양과 돼지 떼가 기독교인들의 땅에서 풀을 뜯어 먹을 수 없도록 훼방을 놓는다고 했다. 그는 가축과 주인들에 대한 안토니오 씨의 동정심을 유도했다.

"여기 돈이 있습니다. 이삼백 냥입니다. 이 정도면 되겠지요. 안토니오 씨."

가슴께에 끈으로 묶은 지갑에서 돈을 꺼내려 하자 새하얀 손이 그의 손을 잡고 놓지 않았다. 우아한 신사의 환한 눈빛이 거대한 남자의 어두운 눈빛을 꿰뚫어 보았다. 가시덤불로 뒤덮인 숲속에서도 오솔길을 찾을 수 있다는 확신에 찬 소년 같았다.

"그건 불가능한 일일세. 친구여."

안토니오 씨의 손놀림과 시선 그리고 무엇보다도 그 순간 입에서 흘러나온 "친구"라는 단어는 그 남자가 나중에 이야기했듯 진정한 기적을 불러일으켰다. 지갑을 제자리에 넣은 그는 억압적인 말투로 자신의 관점에서 본 진실을 주장했다. 일명 S라 불리는 형제들이 나쁜 짓을 하는 걸 막기 위해서라도 좋은 사람들의 보호와 구제가 필요하다고 말이다. "타락한 그 두 사람에게 내가 제안할 수 있는 유일한 구제는 서둘러 법에 호소하라는 것뿐일세." 안토니오 씨가 말했다. "그들과 그들의 친구들에게 너무 늦기 전에 말이야."

코지마

남자는 코웃음을 쳤다. 순간 그의 얼굴은 정말이지 악마와도 같았다. 그러나 안토니오 씨는 말을 멈추지 않았다.

"우리는 언젠가 다시 만날 테지. 그때는 자네도 내가 옳았다는 걸 알게 될걸세. 자네가 말하는 그 두 젊은이는 바위 꼭대기에서 떨어지는 돌덩어리와도 같아. 비탈로 굴러떨어지며 다른 돌들을 끌어모아 산사태가 되고 결국은 심연으로 가라앉고야 말걸세."

"맞습니다. 만일 아무도 그들을 돕지 않는다면 말이죠." 거인이 투덜대며 말했다. "책상머리에 앉아서 한가하게 종잇장이나 들여다보며 말하기는 쉽지요. 하지만 그 사람들이 사는 소굴에 찾아가 그들의 어려움을 들어볼 필요가 있습니다. 다른 방식으로 생각해 보자는 겁니다. 대변자가 되라는 게 아니라 직접 이야기를 한번 해보셔야 한다는 겁니다."

"나는 그 사람들과 얘기할 준비가 되어 있네. 다른 길을 가라고 설득할 걸세. 원하는 시간과 장소에서 만남을 주선해 주게나. 불쌍한 두 젊은이에게 아버지처럼 말해 주겠네."

성급하고 열정적인 그들에게 선하고 공정한 새로운 친구이자 "보호자"가 생기게 될 것이라고 그는 설득당한 것 같았다. 산에서 찾아온 남자는 전에 느껴보지 못했던 동경심을 느꼈다. 주인이 대접한 포도주 한 잔을 마시고 다시 돌아오겠노라는 약속과 함께 조용히 사라졌다. 그리고는 정말로 S라 불리는 형제들과의 회동을 위해 다시 돌아왔으나 결론은 나지 않았다. 신뢰가 없는 조직원들에게 안토니오 씨의 낭만적인 주장은 웃음거리가 될 뿐이었다. 투항하라고? 야만적인 전사가 적군의 포로로 잡히면 자유로운 삶을 향한 피 끓는 갈망을 버려야 하는데도?

안토니오 씨의 예언은 적중했다. 범죄와 강도를 일삼던 조직은 심연으로 가라앉고야 말았다. 그들의 잘못된 환상에 넘어간 이들 중에는 말라리아에 걸렸던 젊고 몽상적인 하인 얀니쿠도 있어서 안토니오 씨와 가족들에게 고통을 안겨 주었다. 나쁜 짓은 털끝만치도 하지 않았던 그는 순전히 모험심 때문에 뒤늦게 조직에 가담했다. 산에서 온 남자는 그 후로도 안토니오 씨를 자주 찾아왔고 후에 그의 돼지를 치는 목동이 되었다. 오래도록 안토니오 씨의 곁을 지킨 가장 믿음직하고 충실한 일꾼 중 하나였다. 그날 밤 만일 안토니오 씨가 산적들의 편을 든다면 없애 버리겠노라는 나쁜 생각을 가졌었다고 그는 후에 고백했다.

모두가 선하고 정의로운 안토니오 씨를 좋아했다. 자신은 깨닫지 못했지만 그를 둘러싼 모든 이들을 선한 매력으로 사로잡았다. 그의 말은 단순하고 소탈했지만 목소리의 울림은 진실과 관용으로 가득한 영혼의 깊은 곳으로부터 솟아나왔다. 표현할 수 없는 것을 표현하는 음악 같았다. 그는 교양이 풍부했으며 내면적으로는 시인이었다. 말을 타고 이 도시에서 저 도시로 여행을 할 무렵, 칼리아리에서 공부했고 양을 치는 일이나 먼 곳으로 씨를 뿌리러 가는 농사일을 할 때면 주머니 안에 소지품과 책들을 넣고 다녔다. 당시 수사학이라 불리던 학문을 공부했고 서리 자격증을 받았다. 비록 그가 직업에 종사하지는 않았지만 지혜와 정의에 기반한 법적인 조언과 상담을 받기 위해 많은 사람들이 그를 찾아왔다.

사업은 그에게 부를 안겨 주었지만 그는 타고난 인본주의자답게 시를 공부하는 것 또한 게을리하지 않았다. 그는 사투리로 시를 썼지만 이탈리아 언어에 가까운 형태였다. 즉흥시인의 재능도 있어서 때로 실력 있는 시인들을 모아 가장 뛰어난 영감의 시를 가리는 경기를 펼치기도 했다. 지주이자 농사꾼이었던 그는 감귤류와 비트 농장을 만드는 천재적인 시도를 하기도 했으나 오랜 가뭄으로 돌투성이가 되어버린 메마른 땅은 그를 좌절시켰다. 소규모의 인쇄소를 열고 사비로 작은 신문과 자작시, 친구들의 시를 발간했지만 그 역시도 완전한 실패로 돌아갔다.

포근한 계절 낮잠 시간에는 대문 앞 그늘에 앉아 신문들을 읽었다. 지나가는 사람들 모두가 그에게 인사를 했고 대화를 나누기도 했다. 돈이 필요한 아주머니가 지나갈 때면 그는 주머니에서 동전을 꺼내 쉿 하는 손짓과 함께 조용히 손에 쥐어 주었다. 모두가 위안을 받고 돌아갔다.

안토니노 말고도 집에 드나드는 어린 남학생이 하나 있었는데 그 또한 안드레아의 학교 친구였다. 맹금류 같은 윤곽선을 지닌 가냘픈 소년으로 불안과 의심, 자존심과 야망이 서린 눈빛을 지녔고 그 나이에 어울리지 않게 진지했다. 그 또한 중산층도 아니고 농민도 아닌 뒤섞인 가문 출신으로 지역의 순수하고 오래된 토착 세력임을 오히려 자랑스럽게 여겼다. 그의 가족은 감옥처럼 갑갑한 벽으로 둘러싸인 마당이 있는 어두운 집에서 함께 살았다. 아버지는 키가 컸고 노쇠했으며 그의 오누이 중 하나는 보기 드문 하늘색 눈의 미인이었다. 그들 모두가 비극에 가까울 정도로 강직했다. 아들을 공부시키기 위해 칼리아리로 보내고자 했으나 재산이 없었고 희생을 감수해야만 했다.

학생이었던 잔마리오는 그러나 좋은 결과를 냈다. 떠날 준비를 하던 마지막 방학에 그는 자주 집에 찾아왔다. 집에 없는 줄 알면서도 매일 밤 안드레아를 찾아와 친구를 기다린다는 핑계로 여동생들과 시간을 보내곤 했다. 그의 이야기들은 흥미로웠다. 마을에서 벌어진 일들과 뒷소문, 한동네에 사는 학생들과 처녀들 사이의 순수한 사랑 이야기들도 들려줬다. 코지마 그리고 누구보다도 엔자는 그의 이야기에 홀린 듯 빠져들었다. 거의 아가씨가 된 엔자는 성격이 약간 이상했는데 침묵을 지키는가 하면 무례하고 히스테릭할 정도로 쾌활하기도 했다.

얼마 지나지 않아 그녀와 잔마리오는 사랑하는 사이가 되었다. 안정적인 결혼을 원했던 가족의 반대로 비밀스러운 만남을 이어가던 둘의 열정은 점점 커져만 갔다. 폭력적이고 진실한 두 젊은

이의 열정이었다. 잔마리오는 공부에 집중했고 2년 만에 고등학교를 마치고 법학과에 진학했다. 그러나 과중한 학업과 경제적 궁핍, 엔자 가족의 지속적인 반대가 그를 불안정하고 신경질적으로 몰아갔다. 그의 눈에는 이따금 붉은빛이 돌았고 목소리에서는 쉰내가 났으며 말투에서 씁쓸함이 묻어났다.

코지마의 가족에게도 슬픈 날들은 찾아왔다. 안드레아 때문이었다. 마을의 어여쁜 아가씨와 사이에 아들이 있다고들 했고 방탕한 친구들과 어울려 다녔다. 안토니오 씨는 광산과 농지의 일을 감독하는 곳으로 그를 보내 좋은 길로 이끌고자 애썼지만 소용없는 일이었다. 아버지의 말에 순종했고 좋은 사람이었지만 안드레아는 육감적이고 충동적인 본능에 더 이끌렸다. 또 다른 형제인 그의 형 산투스에게도 불행한 불꽃놀이 사건 이후 균열이 찾아왔다. 크리스털 잔이나 도자기 화병이 깨지는 것처럼 말이다. 칼리아리 대학에서 학업을 계속했던 그의 친구 안토니노는 가족의 충분한 지원으로 로마에 가게 되었다.

친구와의 거리는 아마도 산투스에게 치명적이었던 것 같았다. 덜 총명하고 덜 세련된 친구들과 어울리기 시작했고 필요 이상의 돈을 달라고 하기도 했다. 그 또한 공부는 점점 멀리했고 술을 입에 대기 시작했다. 모두에게 너무도 크나큰 슬픔이었다.

안토니오 씨는 생각이 많아졌고 어머니는 늘 조용한 슬픔에 잠겼다. 무엇을 할 수 있단 말인가? 매정한 삶은 자신의 길을 따라

물처럼 흘러간다. 고요한 시기와 어지러운 시기가 있으며 되돌릴 수 있는 건 아무것도 없다. 휩쓸려 가지 않으려 발버둥 치고 저항해 보았자 헛된 일이다. 신비로운 힘. 좋은 방향으로든 나쁜 방향으로든 인간을 몰고 가는 건 숙명이다. 완전한 것처럼 보이는 자연조차 일종의 불가항력적 폭력에 의해 뒤흔들린다. 안토니오 씨도 그렇지만 프란체스카 부인은 더더욱 자식들의 발아래 무릎을 꿇은 것처럼 보였다. 자식들이 필요로 하는 교육과 열정과 안정감, 시간을 희생하지 못했다는 회한과 자식들이 디딜 단단하고 안전한 땅을 마련해주지 못했다는 후회가 밀려왔다. 안토니오 씨는 자식들을 위해 토지와 가축을 사들였고 프란체스카 부인은 동전 한 푼마저도 아꼈다. 도대체 무엇을 위해? 아니, 어쩌면 더 해를 입혔을지도 모른다. 안락함과 확실함이 없었더라면 자리를 잡기 위해서라도 아이들은 일했을 것이다.

어쩌면 이 또한 환상일지 모른다. 주위에는 고통과 죄책감이라는 운명에 떠밀린 코지마의 형제들보다 훨씬 더 슬프고 가난하고 평범한 사람들이 널려 있었다. 얀니쿠의 경우만 보아도 그랬다. 안토니오 씨 여동생의 아들인 사촌도 불행이 닥친 경우였다. 엄격하고 영특한 여인이었으나 키워야 할 자식들 여럿을 거느리고 그녀는 젊은 나이에 과부가 되었다. 물려받은 재산도 있었고 그녀와 함께 사는 성직자 오빠의 도움도 받았지만 소송에 휘말리는 성격을 지녔다. 토지와 집을 접하고 있는 이웃들을 아무것도 아

닌 이유로 고소했고 그녀 몫의 재산 중 상당한 부분을 변호사와
재판 비용으로 허비했다. 자식들은 어려서부터 자기들 몫의 재산
을 관리했는데 사촌은 야망으로 피가 끓는 폭력적인 성격의 소유
자였다. 가축을 늘리기 위해 조직 두목의 가축을 소유하려 들기
시작했고 결국은 복수를 당하고야 말았다. 스물다섯의 키가 크고
건장한 잘생긴 청년이었다. 전쟁에 나갔더라면 최고의 전사가 되
었을 것이다.

인생과 환경 그리고 운명은 그런 것이다. 세상의 모든 불행이
그렇듯 코지마의 집에도 결코 피할 수 없는 음흉하고 독기 어린
불행이 닥쳐왔다. 안드레아 역시 어느 날 밤, 나쁜 짓을 하며 허세
를 떠는 젊은이들의 일에 말려들었다. 암탉을 훔치려다 자신들의
목숨이 위험에 빠진 것이다. 죽음과도 같은 비통함이 안토니오
씨의 가족을 어둠 속으로 몰아넣었다. 자식을 구하려 갖은 애를
쓰던 안토니오 씨는 죄책감으로 낙담해 결국 자신이 병에 걸리고
말았다. 육신을 갉아먹는 절망에 가까운 고통에 시달리며 몇 달
이 흘렀다. 선하고 지혜롭고 정의로운 사람은 결국 세상을 떠났
고 가족들은 번개 치는 떡갈나무 그늘 아래 떨리는 잡초 같은 신
세가 되고 말았다.

운명을 받아들이고 더 나은 날이 찾아오기만을 바라며 가족들
은 그늘 속에 머물렀다. 아버지의 죽음으로 정신을 차린 안드레

아는 남아있는 재산을 관리하는 역할을 맡았으나 상당한 부분을 잃었다. 남은 거라고는 겨우 형의 학업을 돕고 세금을 낼 정도였다. 어머니는 늘 세금에 대해 불평을 늘어놓았고 밤에 잠을 이루지 못할 정도로 걱정에 시달렸다. 다행히 집안에는 필요로 하는 것들이 있었고 여자들은 어떻게든 살림을 꾸려 나갔다. 아버지의 장례는 길게 이어졌다. 꼬박 몇 달 동안 모든 창문이 닫혔고 하녀들을 제외한 집안 여자들은 집 밖으로 나갈 수 없었다. 엔자는 그녀의 잔마리오에게 기나긴 편지를 썼고 영리한 여동생들은 늘 책을 읽고 수다를 떨고 토론을 하며 똘똘 뭉쳐 지냈다.

산투스의 상황은 좋지 않았다. 아버지의 죽음은 그를 일깨우는 대신 심연 깊은 곳으로 점점 추락하도록 만들었다. 의과대학 4학년까지 공부했으나 술을 마셨다. 마지막 방학 때 집에 찾아온 안토니노조차 멀리하자 친구는 더 이상 찾아오지 않았다. 그는 아무 걱정이 없는 것처럼 보였고 병든 짐승처럼 자신만의 세계에 갇혀 지냈다. 열쇠로 문을 걸어 잠근 채 방 안에서 지냈고 (안드레아는 응접실로 사용하던 방으로 거처를 옮겼다) 술을 가지러 갈 때가 아니면 밖에 나오지 않았다. 술만 아니었다면 그는 순수했고 아무도 괴롭히지 않았다. 상태가 좋아지면 정원으로 내려와 동네 아이들을 위해 풀로 장난감을 만들곤 했다. 모두가 그를 좋아했지만 어두운 그늘은 점점 그를 에워쌌고 어머니와 자매들의 장례 의식으로 인해 커져만 갔다.

마지막 방학이 끝난 10월 즈음, 그는 나쁜 주술로부터 깨어난 것처럼 보였다. 책을 챙겨 일 년 안에 남은 학업을 끝내고 학위를 받도록 힘쓰겠노라고 했다. 희망의 무지개가 가족의 회색빛 지평선을 밝게 물들였다. 그가 출발하기 전 어머니는 남은 돈을 전부 모아주었고 그것도 모자라 만일의 사태를 대비해 저축해 놓은 얼마 되지 않는 돈도 챙겨 주었다. 그가 떠나는 날은 축제와도 같았고 집안에는 자유의 분위기가 흘러넘쳤다. 죽었거나 오랜 병을 앓다 나은 사람이 지냈던 것 같은 방 안으로 공기가 통하기 시작했다. 어머니는 웃는 모습을 보였고 딸들과 즐거운 대화를 나눴다.

산투스가 떠난 지 엿새가 지난 늦은 밤 누군가 멈추지 않고 문을 두드리는 소리가 들렸다. 반세기가 지난 지금까지도 코지마는 불행을 알리는 북을 두드리는 그 소리를 기억한다. 아직도 그녀의 심장이 쿵쾅거린다. 여태껏 들어본 적 없는 가장 끔찍한 소리, 죽음을 알리는 장례보다 불이 났음을 알리는 종소리보다 무시무시한 소리였다. 착한 하녀가 일어나 문을 열기 전 두려움과 걱정에 찬 목소리로 물었다. 누구세요. 산적. 도둑. 유령? 아니면 산 자들에게 지옥이 다가왔음을 알리며 문을 두드리는 죽음의 사자일 수도 있다.

최악의 경우는 살아 있는 죽은 자가 지옥을 알리는 것이다. 그렇다. 죽음과 다름없는 삶.

산투스였다. 하늘색 눈에는 베일이 덮인 듯했고 혀는 마비되어 있었다.

폐쇄적인 환경은 불행의 정도를 한층 더 심각하게 만들었다. 작은 도시 안에서는 모두가 서로를 알았고 서로를 판단했다. 먼저 돌을 던져서는 안 되는 사람들조차 서로에게 냉혹했다. 산투스의 귀향과 파멸에 대한 소식이 알려지자 끊임없는 비웃음과 조롱이 이어졌고 그들 중에는 가족들이 아는 사람들도 있었다. 가장 악독했던 이들은 친척들이었다. 프란체스카 부인의 사촌 둘은 은퇴한 사제(그는 정말이지 성인이었다)와 함께 살던 처녀들로 늘 교회 안에 틀어박혀 지냈다. 이따금 코지마의 집에 찾아오곤 했는데 마치 두 구의 송장처럼 딱딱하게 굳어 있었다. 말이 많은 편은 아니었지만 두 처녀들이 내뱉는 말들은 모두 화살이 되어 심장에 박혔다. 모든 것에 대해 부정적으로 말했고 심지어 딸들에게 나쁜 습관이 있다느니 낡아빠진 실크를 잘라 만든 리본으로 머리를 묶었다느니 하는 말을 하고 또 했다. 산투스가 돌아온 다음 날 집에 쳐들어와 가족들이 잘못된 책임을 전부 프란체스카 부인에게 돌려 그녀를 울렸다. 그녀들의 주위에는 온통 비극만 존재할 뿐이었다. 실제로 그랬을지도 모르지만 적어도 딸들만큼은 그렇지 않았다. 나이 많은 두 처녀는 나쁜 의도는 아니었으나 타고난 본능으로 타인들의 운명 위에 자신들의 불안을 쏟아붓곤 했다.

그것만으로도 부족했는지 그녀들은 엔자를 상대로 공격을 퍼부었다. 잔마리오와 비밀스러운 사랑을 한다는 건 공공연한 사실이

코지마

었다. 단 한 번도 사랑이란 걸 경험하지 못한 두 여자에게 사랑에 빠진 두 젊은이의 순수한 소설은 트리스탄과 금발의 이졸데 또는 파올로와 프란체스카처럼 비극적이고 끔찍한 일이었다.

엔자의 부도덕함에 대해 설교를 늘어놓았고 그녀 때문에 온 가족과 친척들이 선량한 사람들로부터 멸시와 천대를 받는다고 했다. 불명예스럽기는 남편을 가진 적이 없는 그들 두 자매도 마찬가지였다.

어머니는 울기만 했다. 달리 무엇을 할 수 있었겠는가? 엔자의 사랑을 지지하지는 않았지만 연이은 가족들의 불행 탓에 잔마리오에 대한 그녀의 반대는 줄어들었고 성실하고 씩씩한 남자의 존재가 집안에 도움이 되리라고 생각하기에 이르렀다. 그녀들의 교묘한 질책에 대응하지 않는 어머니의 수동적인 태도는 현관에서 대화를 엿듣고 있던 엔자를 더욱 실망시켰다. 어디선가 크게 울부짖는 소리가 들리더니 누군가 털썩 주저앉았다. 엔자였다. 정신적 충격에 휩싸인 불행한 아가씨는 거의 간질에 가까운 발작을 일으켰다. 그러자 어머니는 상처 입은 새끼를 둔 사슴처럼 사납게 그 여자들을 내쫓았고 딸을 일으켜 위로했다. 그녀에게는 자식들 모두가 귀했고 타락한 자식 또한 마찬가지였다. 아니, 그야말로 다른 자식들보다 더 잘 돌보고 제자리를 찾게 하라고 신께서 만드신 연약한 창조물이었다.

엔자와 잔마리오는 약혼을 했고 다가오는 여름에 대학을 마치

자마자 결혼식을 올리기로 약속했다. 딸들을 위해 아버지가 꿈꾸고 준비했던 결혼식이 아닌 슬프고 간소한 결혼식이었다.

젊은 부부에게는 작게나마 재산이 상속되었고 가족이 소유하고 있던 도심의 낙후된 지역에 있는 낡은 집에서 살게 되었다. 가파른 계단과 나무 바닥이 깔린 큰 방들이 있는 집으로 창문은 작았고 벽은 회반죽으로 희게 칠해진 지나치게 크고 낡은 집이었다. 엔자는 슬픔에 잠겼고 하녀 한 명의 도움을 받아 집을 청소하고 살만하게 만드느라 정신이 나갈 지경이었다. 얼마 지나지 않아 불행이 찾아왔다. 변호사 사무실에서 일하게 된 잔마리오는 온종일 일했지만 보수를 제대로 받지 못했다. 쥐꼬리만한 유산으로 살림을 꾸려가야 했던 아내는 수치와 절망감에 빠져들었다. 또다시 그녀에 대한 나쁜 소문들이 돌기 시작했고 결혼을 빨리해야만 했던 이유에 대해 수군거렸다. 그녀는 격분했다. 부부 사이에 격렬한 싸움이 벌어졌고 화해는 했으나 오래가지 않았다. 남편은 될 수 있는 한 그녀에게서 멀리 도망쳐 지내고 싶어 했다.

어느 슬픈 아침, 부부의 집에 일하러 갔던 하녀가 깜짝 놀라 집으로 돌아왔다. 어린 여주인이 침대에 누워 있는데 감각이 없고 죽은 사람처럼 차갑다고 했다. 흔들어 깨워보려고 했지만 아무래도 심각한 일인 것 같아 걱정된다고 말했다. 프란체스카 부인은 신장병을 앓고 있던 터라 딸들은 엄마의 걱정을 덜기 위해 엔자의 소식을 알리지 않기로 했다. 부부의 집에 드나들던 코지마는 그들의 정신없고 고통스러운 생활에 대해 알고 있었다. 늘 일어나는 신경 발작이기를 바라며 그녀는 언니의 집으로 달려갔다. 언니는 이상하리만치 조용했다. 지나치게 조용했고 공포에 질린 눈동자와 창백한 얼굴로 침대에 누워 있었다. 입을 열지 않았고 움직이지도 않았다. 뜨끈하고 기분 나쁜 냄새가 침대에서 풍겨 나왔다. 코지마는 또래 같지 않은 용기로 수수께끼를 풀고자 했고 불행한 엔자가 검은 핏덩이 위에 누워 있다는 사실을 알게 되었다.

의사가 도착했고 유산이라고 했다. 최선을 다해 살리려 해 보았으나 이미 늦은 상태였다. 재판장에 앉아있던 남편이 돌아오기 전에 엔자는 숨을 거뒀다. 고통도 의식도 없이 병들고 난폭한 피를 쏟으며 숨을 거뒀다. 이제 그녀는 대리석으로 만든 조각상처럼 희고 아름답고 순수했다. 어머니와 자매들이 도착하기 전에 그리고 잔마리오가 돌아오기 전에 코지마는 엔자의 유리알과도 같은 눈을 감겨 주었다. 그녀의 몸을 닦고 부부 침실 옆에 있는 작은 침대로 그녀를 옮겼다. 향수를 뿌리고 투명한 얼굴 주위로 아름다운 갈색 머리카락을 정돈했다. 마지막으로 희고 수수한 신부의 옷을 입히고 발에는 공단으로 만든 신발을 신겨 주었다. 거의 초자연적인 힘에 의한 충동으로 행동했고 제정신이 아니었다. 모든 폭력적인 취기가 그렇듯 고통과 환멸, 삶에 대한 두려움이 불러온 취기는 그녀를 씁쓸함 아니 두려움의 밑바닥까지 끌어내렸다. 결코 잊을 수 없는 두려움, 마음속 깊은 곳에 묻어둔 원치 않고 풀리지 않는 죄의식이었다. 머나먼 조상들의 죄의식, 먼 옛날 인간들에게 주어진 세상에 고통을 불러왔던 죄의식이었다.

코지마는 열네 살이 되었고 삶의 숙명적인 면에 대해서도 알게 되었다. 그러나 알 수 없는 숙명에 대한 두려움에도 불구하고 새로운 마음이 둥지를 틀었다. 그녀의 심장은 육체적으로나 도덕적으로나 강인했다. 아버지 그리고 농부와 목동이었던 조상들로부터 물려받은 마음이었다. 땅과 자연과 하나였던 그녀의 선조들은 선함과 지혜와 철학을 지녔고 삶의 오묘한 기쁨을 아는 분들이었다.

어린 시절에는 코지마도 아이들 모두가 겪는 일반적인 질병들을 앓았다. 이제는 비쩍 말랐지만 건강하고 민첩하고 강한 소녀가 되었다. 체구가 작고 머리는 큰 편이었으며 손발은 작았다. 코는 낮은 편이었고 튼튼한 치아와 기다란 윗입술이 북아프리카 조상을 둔 여인들의 성향을 드러냈다. 반면에 피부색은 밝고 부드러웠으며 부드럽게 물결치는 검고 아름다운 머리카락과 이따금 녹색 빛이 도는 크고 검은 아몬드 같은 눈을 지니고 있었다. 어느라틴 시인은 햄족의 특성을 드러내는 억누를 수 없는 열정을 지닌커다란 동공을 겹겹으로 싸인 눈동자라고 표현하기도 했다.

엔자의 죽음으로 집안은 또다시 장례를 치르게 되었다. 창문이 닫혔고 수도원과 다름없는 삶이 다시 찾아왔다. 그러나 남은 세자매 사이에는 삶의 자양분이 되어줄 열정적인 새순, 정원에 핀

꽃보다 더 아름다운 들판의 꽃 같은 신선한 총명함이 꽃을 피웠다. 기쁨과 시의 춤사위가 침묵 속에서 자매들을 하나로 묶어 주었다. 여동생 피나§와 코레타는 손에 잡히는 모든 걸 탐욕스럽게 읽었고 셋이 뭉쳐 현실의 삶에서 벗어나 대화하고 토론하기를 즐겼다. 코지마는 땅속에서 길어 올린 것 같은 힘에 사로잡혀 문장들과 소설을 쓰기 시작했다.

수많은 단점에도 불구하고 안드레아는 관대하고 쾌활한 성격의 소유자였다. 어쩌면 지나칠 정도였다. 그의 관대함은 자기애와 허영과 자만에서 양분을 얻어 자라났다. 그는 순진하고 본능적이었으며 별거 아닌 일에 열광적으로 격분하곤 했다. 약한 자들 편에 서서 정의를 구현한다고 생각하는 듯했다. 열네 살보다 어려 보이는 여동생 코지마, 소심한 사슴 같지만 실은 가족과 종족이 정해놓은 모든 틀에 대해 반항적이었던 그녀가 소설을 쓴다고 하자 모두가 어리석은 시선으로 그녀를 바라보았다. 터무니없다며 놀려대거나 불가능에 가까운 일이라고들 했다. 그러자 안드레아는 지혜롭고 확실한 방법으로 여동생을 보호하기 시작했다.

중학교까지 공부를 마친 스물두 살의 안드레아는 아버지가 남겨둔 사업을 관리하고 있었다. 많은 돈을 즐기느라 쓴 것도 사실이지만 책을 읽었고 문학계가 돌아가는 일에 대해서도 알고 있었

---

§ 베피나의 줄임말로 베파의 애칭-옮긴이

다. 안드레아의 가장 친한 친구이자 문학을 공부하는 학생이었던 안토니노가 소도시에 그런 소식들을 전해 주었다.

안토니노에게는 살바토레라는 남동생이 있었는데 그 또한 공부하는 걸 좋아했다. 자신이 소유한 작은 땅에서 말을 타고 하인들의 일을 간섭하고 아름답고 열정적인 동네 아가씨들과 즐기는 축복받은 삶이었다. 속으로는 형 안토니노를 동경하면서도 말로는 형을 비웃었다. 여자들처럼 희고 가느다란 손에 눈동자는 꿈으로 가득하고 어린 하녀들이 샘에 물을 길으러 갈 때 타는 암말조차 타지 못한다며 놀려댔다. 살바토레는 육지의 이름난 대학에서 공부했는데 학위를 받을 수 없는 것인지 받기 싫은 것인지 가족이 모아둔 돈을 다 쓰고도 학업을 마치지 못했다. 어쨌든 왕자처럼 출중하고 우아한 학생이었다(당시 그 지역에서는 학생이라는 단어 자체만으로도 상위에 있음을 뜻했다. 더 높고 능력 있는 운명을 부여받을 수 있는 인간이라 여겨졌다). 안토니노의 존재는 거대한 세상 한구석으로 유배당한 고독한 가족에게 먼 곳의 위대하고 빛나는 숨결을 불어넣어 주었다. 그는 왕과 왕비, 정치인들과 예술가들, 문학가들이 자신과 가까운 친구인 것처럼 말을 했다.

그의 가장 찬란한 우상이었던 가브리엘레 다눈치오를 둘러싼 전설적인 이야기들도 들을 수 있었다. 시인에 대해 이야기할 때면 안토니노는 신전의 기둥을 붙잡고 힘과 위엄을 간구하는 신도처럼 보였다.

안토니노가 들려주는 서사시 같은 이야기들은 황폐했던 그녀의 마음속에 열렬한 꿈의 불을 지폈다. 서사시를 들려주기는 안드레아도 마찬가지였다. 둘 다 어린 코지마에게 환상을 심어 주었다. 글을 쓰기 위해 그녀는 도움을 필요로 했다. 안드레아는 표준어가 아닌 사투리로 글을 쓰는 코지마에게 중학교 선생님을 데려와 이탈리아어 수업을 받도록 했다. 그 수업은 어린 작가의 본능적인 고집스러움을 일깨웠고 소설과 시뿐만 아니라 다양한 종류의 글을 습작하게 했다. 안드레아는 보다 실질적인 수업을 위해 전통을 그대로 간직한 마을들, 농촌의 축제와 첩첩산중에 둥지처럼 숨겨진 목동들의 작은 집으로 동생을 데리고 다니며 나이 먹은 목동들의 이야기를 듣도록 했는데 책에 있는 것보다 훨씬 감동을 주는 이야기들이었다.

개중에는 좋은 사람들과 동행한 멋진 소풍도 있었다. 안토니노의 동생과 안드레아의 다른 친구들이 함께한 자리였다. 대부분 학업을 중단한 학생들이었고 호화로움보다 아코디언 연주와 오디세이 같은 모험을 즐기는 이들이었다. 어여쁜 동네 아가씨를 사이에 두고 싸우다가도 장작불에 양을 통째로 굽는 잔치 자리에 앉아 영웅이나 공작이나 카를로 왕처럼 식탁 아래서 발을 비비며 화해했다.

그날은 안드레아와 코지마의 아버지 쪽 친척인 탄카스의 오두막에서 잔치가 벌어졌다. 돼지치기를 마친 목동들이 양과 염소를 치는 계절을 준비하는 잔치였다. 양들은 금빛을 띠며 이빨 사이로 길게 튀어나온 말린 수선화 잎을 막대 과자처럼 질겅질겅 씹었고 진줏빛 바위 꼭대기에는 악마 같은 머리를 한 염소들이 모습을 드러냈다.

그날 코지마는 선생님의 문학 수업을 열 번 들은 것보다 더 많은 걸 배웠다. 뾰족한 가시나무 잎과 톱니처럼 생긴 오크나무 잎을 구별하는 법, 향기로운 풀들을 구별하는 법을 배웠다. 한밤중에 빛을 향해 달려드는 나방들처럼 돌을 쌓아 만든 성 위로 매들이 태양 주위를 맴돌았다. 갯바위 아래 육지와 섬을 영원토록 갈라놓는 크고 찬란한 칼을 코지마는 보았다. 처음으로 본 바다였다.

한 소년이 그에게 다가온 신의 존재를 굳게 믿고 죄 사함을 받는 견진성사처럼 결코 잊지 못할 날이었다. 그 모든 것들, 맹금류의 울음소리와 돌 사이에 돋아난 엉겅퀴마저 남다르게 느껴졌다. 비늘 옷을 입은 것처럼 반짝이는 바위와 수천 년은 되어 보이는 가시나무 곁에서 그녀의 잠잠한 마음은 작고 겸허해졌다. 높은 천장에 매달린 하늘 위로 구름이 도랑을 만들 때면 소년들이 우물 깊은 곳을 들여다볼 때처럼 숲속 작은 틈 사이에 그늘이 만들어졌다. 만찬은 왕의 응접실처럼 통나무들로 둘러싸인 풀밭에서 열렸다. 코지마와 안드레아는 안장과 연장주머니로 안락한 소파를 만들었다. 불에 구운 고기의 제일 맛있는 부위는 전부 그녀의 몫이었다. 잘 익은 과일처럼 부드럽고 달콤한 양의 신장도, 꼬치에 구

코지마

운 치즈의 가장 맛있는 부분도, 오빠가 가져온 갓 수확한 싱싱한 포도송이도 그녀를 위한 것이었다.

신사의 품격을 갖춘 손님들이 누군가 명령을 내리기라도 한 것처럼 팔꿈치로 테이블을 두드리기 시작했다. 둥둥. 둥둥. 고기 조각을 끼운 나무 막대기로 만든 이상한 포크, 식탁에 놓인 빵과 치즈와 온갖 마실 거리 모든 게 코지마를 향했다. 아름다운 순간이었다.

그녀는 얼굴을 붉혔고 만찬이 열리는 내내 한마디도 하지 않았다. 고풍스러운 무늬의 연장주머니로 덮인 안장 위에서 그녀는 초대받지 않은 손님처럼 앉아있었다. 숲속 그늘 밑 고요하고 진한 그녀의 커다란 눈동자가 흐릿한 초록빛을 발했다. 선악을 알 수 없는 신비로운 요정처럼. 요정들은 수천 년 전부터 산에 있는 동굴 속에 모여 살면서, 금으로 짠 그물로 매와 바람과 구름 그리고 사람들의 꿈을 잡아들였다.

오빠와 손님들이 점잖게 서로를 비아냥거리는 동안 약간 싫증이 났던 그녀는, 음식에서 손을 떼고 손님들이 한눈을 파는 사이 경주마처럼 자리를 박차고 일어났다. 고사리들이 있는 수풀을 지나 두 팔을 활짝 벌리고 재빨리 멀어져 갔다. 태풍이 다가오는 걸 알아채고 낮게 나는 제비처럼 그녀는 바다가 보이는 절벽 꼭대기로 돌아갔다. 바다, 그 거대한 신비, 하늘빛 수풀로 뒤덮인 들판과 산사나무꽃으로 뒤덮인 해안, 경이로운 육지를 향해 꿈꾸며 날

아가는 제비들의 사막. 고독한 성의 여주인처럼 그녀는 아름다운 바위 위에 앉아 머물고 싶었다. 수평선을 바라보며 희망의 돛단배가 나타나기를, 해안가에서 바다 빛깔 옷을 입은 왕자가 용솟음치기를 기다리고 싶었다.

들판에서 들려오는 젊은이들의 큰 목소리가 그녀를 현실로 불러들였다. 양들에게 풀을 먹이는 목동들의 휘파람 소리도 들려왔다. 거대한 침묵 속에서 목소리와 휘파람 소리가 유리로 만든 집처럼 청아한 메아리를 남기며 울려 퍼졌다. 반대편에서는 평지를 넘어 산 위로 해가 지고 있었고 산꼭대기까지 올라간 염소들의 눈은 매의 눈처럼 붉어졌다. 집으로 돌아갈 시간이었다. 스스로 들려주는 작은 이야기들을 통해 기쁨을 만끽하던 소녀 시절의 나날들, 우리로 돌아오라는 목동들의 휘파람 소리에 그녀는 바위 꼭대기 염소들처럼 바다 위로 쏟아지는 붉은 황혼을 향해 매처럼 날아가고 싶은 충동을 느꼈다.

화살처럼 꽂히는 날카로운 휘파람 소리와 그 뒤를 이어 장난스러운 휘파람 소리가 들려왔다. 보호자인 안드레아가 걱정하며 그녀를 부르는 소리였다. 동행했던 친구들의 휘파람 소리는 그녀의 도피 행각이 공동체 법으로 허용되지 않음을 일깨워 주었다. 그녀는 몸을 일으켰다. 피어나기 직전 평지의 고사리들처럼, 해안을 향해 일어나는 파도처럼 다시 한번 두 팔을 활짝 벌렸다. 따뜻하지만 메마른 산에서 겨울을 지낸 제비들은 태양의 대지를 향해 이동할 것이다. 여름 막바지의 붉은 빛들, 사랑만이 영원한 선물을 베풀 것이다.

그 이후로 그녀는 꿈을 버린 적이 없었다. 겨울 저녁이면 두 개의 기름 전등 (가끔은 세 개를 켜놓기도 했다) 곁에 놓인 안락의자에서, 봄날 아침이면 벌레들이 윙윙거리는 장미가 만발한 정원에서, 여름날이면 창 너머 산이 바라보이는 나른한 풍경이 있는 꼭대기 방 안에서 그녀는 사진이 있는 잡지의 책장을 넘겼다. 대도시들의 길과 기념물, 건축물들의 형상을 특히나 오래도록 바라보았다. 그녀의 성지는 로마였다. 어떻게 하면 그곳에 갈 수 있는지 알수 없었고 희망도 가능성도 없었다. 결혼이 자신을 그곳으로 이끌리라는 환상도 없었다. 그러나 그녀는 자신이 로마에 가게 될 것이라 느꼈다. 세속적인 야망이나 화려함 때문에 가고자 하는 것이 아니었다. 성스러운 도시이자 예술의 예루살렘, 신을 향해 그리고 영광을 향해 다가가는 장소였다.

삽화가 그려진 신문과 잡지들이 어떻게 그녀의 손까지 들어오게 되었는지는 알 수 없다. 아마도 산투스 아니면 안드레아가 가져왔을 것이다. 당시 귀족적인 분위기의 편집장이었던 솜마루가 *Sommaruga*라는 인물이 수도 로마에서 발간한 것들로, 인쇄공을 통해 이곳까지 오게 되었다. 대중적인 출판사들이 펴내는 나쁜 취향의 인쇄물과 달리 섬세하고 아름다운 취향을 지닌 인쇄물들은 이탈리아 구석구석까지 보급되었고, 마침내 코지마의 집까지 오게 된 것이다. 청소년들을 위한 신문들과 가볍고 아름다운 삽화들이 실린 잡지들, 패션을 비롯한 여러 분야의 잡지들이었다. 울티마 모다Ultima Moda 잡지에 실린 여자들의 모습, 머리카락을 부풀려 단장한 여자들, 늘씬하고 잘나가는 여자들, 성물과도 같은 커다란 레이스 우산과 술탄이 쓰는 것 같은 깃털로 만든 부채는 소녀들에게 즐거움이자 고통이었다. 마지막 페이지로 가면 늘 소설이 나왔는데 종종 이름 있는 작가들이 쓴 수준 높은 글들이었다. 그게 전부가 아니었다. 신문의 편집장은 높은 안목을 지닌 남성으로 당시에 유명한 시인이자 작가였다. 솜마루가에게 싫증을 느끼면 페리노Perino 출판사에서 만든 책들을 들여다보았다.

보수적이지만 대범했던 우리의 코지마는 패션 잡지에 소설을 기고해보자는 깜찍한 생각을 떠올렸다. 귀여운 자랑거리로 가득한 편지, 예를 들면 그녀의 생활과 환경, 영감을 주제로 한 회화적인 묘사와 무엇보다 작가가 되고 싶다는 강력하고 절박한 다짐을 담은 편지 말이다. 소설의 구성은 둘째치고 그녀와 거의 흡사한 소녀를 주제로 쓴 소설의 내용이 패션 잡지 속 가식적인 여자들의 세계에 몸담고 있던 선한 시인의 마음을 움직였던 것 같다. 그의 마음과 더불어 코지마는 명성 또한 얻게 되었다. 고통스러운 십자가를 진 대가로 받은 멋진 메달이었다. 울티마 모다 잡지의 편집장은 그녀의 소설을 연재해 주었고 귀족적인 열정에 차 어린 작가를 예술계에 소개했다. 곧이어 다른 작품을 보내달라는 요청이 들어왔고 지방에서 발간되는 사투리로 쓰인 유명한 산문 속에 그녀의 이름이 등장했다. 커다란 스캔들이자 위험천만한 모험이며 결국은 신성모독으로 이어질 게 뻔하다는 내용이었다.

그녀의 숙모들, 두 명의 늙은 처녀들은 글을 읽을 줄 몰랐고 여자들의 사진이 실린 종이를 부정하다며 불태우곤 했다. 코지마의 소식을 듣자마자 불길한 징조를 느낀 그녀들은 집으로 달려와 최악의 비난과 예언을 퍼부으며 공포심을 조성했다. 심지어 안드레아까지 동요하도록 만들 정도였다. 그는 자신의 꿈이 코지마를 통해 실현된 것에 대한 정체 모를 불안감을 숨기고 있었다. 사랑 이야기 따위는 쓰지 말라고 여동생에게 충고했다. 실제적인 경험이 부족한 나이이고 사람들은 어린 소녀가 벌써 타락의 길로 접어들었다고 여길 것이며 현실은 녹록지 않다고도 했다.

여름은 역시나 가장 아름다운 계절이었다. 코지마에게는 누구보다도 그랬다. 낮 동안은 더위가 기승을 부렸지만 쨍쨍한 더위였고 밤이 되면 놀라울 정도로 포근한 기운이 감돌았다. 풀을 베어낸 들판과 언덕으로부터 그루터기와 덤불의 향긋한 내음이 풍겨 왔다. 싱그러움을 노래하는 웅크렸던 여자들의 낮은 음색이 길가에서 들려왔다. 산 위의 긴긴 저녁들과 붉고 검푸른 보랏빛들, 바위 사이로 두둥실 떠오른 달은 내리막길로 접어든 동양의 마지막 날과 같은 희뿌연 빛을 퍼뜨렸다.

안토니노가 방학을 보내기 위해 고향으로 돌아오는 계절이었다. 다른 사람들이 봄 또는 하루의 끝을 기다리듯 코지마는 그의 귀향을 기다렸다. 그 해, 그녀의 기다림은 막연한 두려움과 뒤섞여 있었다. 영광스러운 추천에 힘입어 그녀가 작가가 되었다는 중대한 사실을 안토니노가 알았으리라는 두려움, 그녀를 향해 가족들 특유의 비웃는 미소를 지을 것이라는 두려움, 작고 약한 존재들에 비해 크고 정말이지 크고 강한 존재에 대한 두려움 그리고 그의 섬세한 쓸쓸함에 대한 두려움까지. 따지고 보면 그리 중요한 건 아니었다. 신이 그녀를 위해 예비한 길을 따라가는데 야망에 찬 확신 외에 다른 힘은 필요치 않았으니까. 안토니노에게서 어떤 것도 희망하지 않았다. 아니, 바라지 않았다. 그에 대한 사랑을 의심하지도 않았다. 사랑, 바위에서의 그날 이후 드디어 사랑이라는 말이 그녀의 마음속에서 피어났다. 황폐한 정원을 빛나게 만들어줄 붉고 향기로운 한 송이 장미와도 같은.

안토니노의 육체가 그녀를 위해 존재하지 않을지라도, 머나먼 욕망과 본능에 불과할지라도 단 한 번의 입맞춤을 생각하며 그녀의 피는 들끓었다. 그는 거의 늘 밝은 터키블루 색 옷을 입었는데 그녀의 눈에 비친 그의 모습은 멀고 어스름한 빛 같았다. 아련한 하늘빛 경계선. 실상은 그의 모습이 텅 빈 거리의 끝자락에서 자취를 드러냈기 때문이었으리라. 집에서 나와 시내로 갈 때면 코지마는 길을 가로질러야만 했다. 안토니노가 언제 나타날지 알고 있었고 창문에서 기다리기도 했으나 막상 그의 모습이 보이면 들키지 않으려 몸을 숨겼다.

　그리고 이번에는 환상적인 빛의 배경 속에서 그를 보았다. 여동생 피나와 함께 안토니노의 사촌들이자 코지마의 친구들을 찾아간 것이다. 저녁 즈음에 데려가야 한다는 약속과 함께 루치아 부인의 허락을 받은 하녀가 그녀들과 동행했다. 흔한 소풍이었지만 코지마에게는 축제와도 같았다. 안토니노가 머무는 포도밭과 정원의 공기를 마실 수 있다니. 앞서 말했듯 네 가족이 함께 모여 사는 집이었다. 멋진 바닥이 깔린 집은 바람이 잘 통하는 정원을 향해 열려 있었고 문 옆에는 대리석 벤치가 놓여 있었다. 루치아 부인 방은 일 층에 있었고 다른 방들도 전부 안락하게 꾸며져 있었다. 거실 한가운데 둥근 탁자가 놓여 있고 소파 등받이에는 코바늘로 뜬 레이스 덮개가 있었다. 소녀들이 모여 조잘대기 시작했다. 코지마와 피나와 각각 동갑내기였던 친구들은 짙은 밤색 머리에 체구가 작았으며 똑똑하고 수다스러웠다. 아는 이들에 대한 뒷담화를 마치자 본능적인 사악함과 비난으로 서로를 헐뜯기 시작했다. M이라 불리는 두 소녀는 옷을 잘 입었는데 아버지가 법원에서 일했고 사싸리에 사는 고모 댁에서 몇 주씩 묵으며 세련된 도시의 분위기를 만끽했기 때문이다. 그들은 코지마와 피나가 입고 있는 동네 재봉사의 촌스러운 옷을 조롱거리로 삼았다. 코지마는 빨간 장식이 있는 노란 옷을 입었는데 우스꽝스러움에도 불구하고 그녀의 창백한 얼굴과 숱이 많은 검은 머리카락을 돋보이게 해 주었다.

"넌 익기 시작하는 체리 같아." 친구 레네다가 그녀에게 말했다.

코지마는 얼굴을 붉힌 채 아무 말도 하지 않았으나 여동생 피나는 녹색과 검은색 옷을 입은 그녀의 말을 맞받아쳤다.

"그래? 넌 독뱀 같은걸."

그녀가 웃으며 말했다.

"아, 네가 혀의 소대를 잘랐었다는 사실을 내가 잊었네."

사실이었다. 어릴 적 피나는 말을 더듬었고 혀의 소대를 자르는 수술을 받았었다. 그녀 인생 최대의 놀림거리였다.

"넌 자를 필요도 없겠네. 혀의 소대 말이야. 차라리 붙여야 할 테니까."

모두 까르르 웃었다. 사악함을 즐기는, 알고 보면 쾌활한 소녀들이었다. 커피를 대접받고 나서 다른 사촌들에 대한 악담이 시작되었다. 안토니노의 자매들은 집 정면 창문을 통해 건너편 집을 엿보았지만 작은 귀족들을 찾아가 인사를 나눌 정도로 친한 건 아니었다. 그 집 딸들의 옷차림은 지나칠 정도로 호사스러웠고 부를 과시하고 싶어 했다. 그녀들의 어머니는 확신에 차서 말하곤 했다.

"내 딸들한테는 높은 자리에 앉아있는 사나운 남자들이 필요해."

몇 년 후 큰딸은 같은 지역 출신 재산가로 부유한 장사치인 남자와 결혼했다.

그녀의 결혼식 날, 황혼이 깃들자 네 명의 친구들은 집에서 가까운 포도밭으로 모여들었다. 언덕 위 경사진 구릉에 자리 잡은 아름다운 장소였다. 지는 해를 받아 붉게 변한 산들이 보였고 또 다른 언덕을 향해 사라지는 오솔길을 나지막한 벽이 가로지르고 있었다. 금으로 만든 판처럼 날카롭게 빛나는 북쪽 하늘과 대비를 이루며 날렵한 형상의 안토니노가 한 손에 신문을 들고 앉아있었다.

포도밭 반대편 구석에서 코지마는 그를 보았다. 넘어질 듯 몸을 앞으로 숙이며 고통에 차 두 눈을 감았다. 그가 돌아왔다는 사실을 그녀는 모르고 있었다. 그의 사촌들도 마찬가지였다. 사촌들은 무례함과 호기심으로 그를 쳐다보았고 인사조차 없이 주먹으로 무릎을 내리치며 그에게 달려갔다. 바지 주름이 구겨지는 걸 걱정하며 그는 동생들을 밀어냈고 다른 두 소녀의 존재에도 아랑곳하지 않고 계속 신문을 읽었다. 누구인지 기억해내려고 애쓰는 것 같기도 했다. 코지마를 알아본 그는 벌떡 일어나 부드러움과 피곤함, 장난기가 어린 미소로 인사를 건넸다. 반짝이는 이빨 위로 그의 입술이 벌어졌다. 순간 그를 둘러싼 모든 게 반짝였다. 황혼의 금빛이 그의 눈으로부터, 갈색 얼굴과 밝은 머리카락으로부터 뿜어나오는 것만 같았다. 코지마는 평생 그 모습으로 안토니오를 기억했다. 아직도 그를 떠올리면 광채와 고통이 뒤엉킨 알수 없는 기쁨을 느낀다. 한편 그녀는 자신이 쓴 소설에 대해 그가먼저 말을 꺼내길 바랐고 비웃을 경우를 대비해 방어책도 생각해둔 상태였다. 하지만 안토니노는 아무것도 모르는 것 같았다. 아니 아무 말도 하지 않았다. 산투스의 안부만을 물었고 조만간 찾아갈 것이라고 했다.

코지마는 얼굴을 붉혔다. 그는 알아차렸으나 티를 내지는 않았다. 나이 어린 소녀 둘이 자리를 뜨자 낮은 담벼락에 두 소녀만 남았다. 레네다가 머리카락에 윤기가 돈다며 그의 차림새를 두고안토니노를 놀려대기 시작했다.

"여자들처럼 머리에 기름을 발랐네. 이 촌구석에서 누구한테 잘보이려고 그러시나. 여긴 귀부인들도 없는데."

코지마는 눈을 내리깔았다. 안토니노가 사촌의 짓궂은 질문에대답해주길 바라는 희망에 그녀의 심장이 두근거렸다. 하지만 그는 기대어 서 있는 벽의 돌처럼 레네다의 말을 개의치 않았다. 금빛 황혼으로 물든 손톱을 지닌 하얀 손으로 가느다란 가마 한편으로 넘긴 머리카락을 어루만졌다. 인위적으로 빛나는 게 아니라는걸 보여주려는 것 같았다.

"도대체 조끼는 왜 안 입었어? 잃어버리셨나? 그 셔츠는 여자들이나 입는 거라고."

코지마는 아무 말도 하지 않았지만 창피스럽고 불쾌했다. 그가 신문으로 장난기 많은 사촌의 머리를 몇 차례 내리칠 때 그녀는 사악한 기쁨을 맛보았다. 거기서 끝이 아니었다. 레네다가 살짝 뛰어올라 안토니노의 머리카락을 잡아당기려 하자 그녀의 팔을 잡고 팽이처럼 몸에 휘감았다. 그리고는 낭떠러지처럼 경사진 길로 굴러떨어지도록 그녀를 확 밀쳐냈다. 그녀는 짐승처럼 고래고래 소리를 질러댔지만 그는 웃지 않았다. 오히려 이를 악물고 더위를 물리치려는 듯 신문을 흔들어 댔다. 코지마는 그 자리에서 기절할 지경이었다. 절대 보고 싶지 않았던 장면이었다. 자신의 우상이 처참하게 무너지는 모습. 한편으로 그가 사촌에게 저지른 만행이 자신에게 벌어진 일이었다면 얼마나 좋았을까 생각했다. 그러나 그는 코지마에게 최대한의 예의를 갖췄다. 레네다에게 한 행동이 코지마 앞에서 창피를 당한 데 대한 보복이라고까지 생각될 정도였다. 가벼운 목례로 안토니노에게 인사를 했고 그제야 둘 다 숨을 돌릴 수 있었다. 울부짖는 레네다를 뒤로 하고 코지마는 자리를 떴다.

마치 동화처럼 예기치 않게 그와 마주친 적도 있었다. 바다에서 600미터나 떨어진 작은 도시 꼭대기에 있는 오르토베네 언덕은 가시나무 숲과 화강암 바위들이 즐비한 곳이었다. 코지마 집안의 소유지에서 그리 멀지 않은 그곳에서 그녀는 처음으로 먼바다를 보았다. 바위들 사이에 만들어진 평평한 땅에는 마돈나 델 몬

테*Madonna del Monte*라는 작은 성당이 있었다. 성당 안에는 하나의 지붕 아래 작은 방들이 있었고 두 개의 문들과 작은 여닫이 쪽문이 있었다. 서쪽으로 창문을 낸 방안에는 붙박이 의자들이 벽에 둘러쳐져 있었다. 방안에는 어린 성모 마리아 축제를 맞아 9일 기도를 드리러 온 신도들의 모습이 보였다. 전설에 따르면 아마도 피사*Pisa* 출신이었던 주교가 섬을 방문하러 오는 길에 태풍을 만났는데 배를 무사히 구해주면 지평선에 처음 나타나는 언덕 위에 성당을 짓겠노라고 서약했다 한다. 그러자 바다가 잠잠해졌고 섬 위 구름 사이로 바위 언덕이 보였다고 한다. 코지마의 삼촌이자 골초였던 이냐치오는 삭발에 빨간 머리 가발을 쓰고 다녔다. 작은 교회에서 일하는 신부였고 파올라 고모가 그를 도와 일을 했다. 성구를 보관하는 작은 방은 사적인 용도로도 쓰였다. 옷장 속에는 아이들이 탐낼만한 달콤한 주전부리들이 숨겨져 있었다. 신부님들을 위한 침대와 간이침대가 놓인 작은 방이 있었고 바닥이 고르게 깔린 큰 방의 거친 벽에는 성직자들의 가운을 걸어 두기 위한 못들이 여러 개 박혀 있었다.

움막이나 동굴 수준의 원시적인 환경이었고 빛이라고는 숲을 향해 열린 작은 쪽문을 통해 들어오는 게 전부였다. 그 해 파올라 고모가 코지마와 자매들을 9일 기도 기간 동안 성당에 머무르도록 초대했는데 그녀의 인생에서 가장 아름다운 날들이었다. 아름답고 완벽하고 신비로운 것들로 가득한 진짜 꿈과도 같은 꿈.

낭떠러지와 구덩이 사이로 난 오솔길을 따라 두 시간 정도 오르는 험난한 여정이었다. 8월의 멋진 아침, 바스크 사람이었던 하인은 기쁨에 차서 미친 듯이 날뛰는 소녀들과 걸어서 언덕을 올랐다. 필요한 것들을 가득 실은 우마차가 바위와 덤불 사이로 덜커덕거리며 뒤를 따라갔다. 첫 번째 짧은 휴식은 피곤해서가 아니라 순전히 재미 때문이었는데 깊은 숲이 시작되는 곳에 있는, 거인의 무덤이라 불리는 이상한 모양을 한 바위 위에서였다. 이끼로 뒤덮인 거대한 화강암 관 같은 바위는 방대한 고독으로 휩싸인 숲속에서 빛을 발하고 있었다. 전설에 따르면 숲속에는 거인들이 살고 있어서 번갈아가며 숲의 입구를 지켰다고 한다. 최후의 거인이 죽기 직전 바위 위에 눕자 바위가 그를 삼켜 버렸고 지금까지도 그의 육신을 지키고 있다고 한다. 약한 자들은 이해하기 힘든 영웅들과 강한 자들의 세계로 들어가는 입구였다. 코지마는 다른 장소들과 마찬가지로 신성한 전설로 미화된 바위를 쓰다듬었다. 성인이 잠든 바위였다.

순수하고 거대한 존재들에 대한 소녀의 혼란스러운 꿈은 희망으로 빛나며 고단한 일상을 초월했다. 거대한 삼나무 숲 그늘 밑에 돋아난 부드러운 고사리와 풀 사이를 가르는 오솔길을 오르며 그녀의 꿈이 깨어났다. 작은 세상에서 벗어나 바람과 태양, 행성들과 동행하며 하늘처럼 높은 곳에 사는 거인들 사이를 노닐고 있었다.

두 번째 쉼터는 다이아몬드처럼 맑고 빛나는 샘이었다. 하늘을 향해 칭칭 감긴 가시덤불로 짓이겨지고 흙투성이가 되어버린 풀들 사이로 조개를 닮은 작은 돌에서 솟아난 물이 잔잔히 흐르고 있었다. 맑은 공기는 박하 향을 넣은 술 같았고 어디선가 언치¶들의 지저귐 소리가 들려왔다.

바위에 무릎을 꿇고 앉아 소녀들은 샘물을 마셨다. 그늘 밑 물속 작은 거울에 비친 자신의 눈에서 코지마는 기적과도 같은 빛을 보았다. 그녀가 디디고 있는 땅속 깊은 곳으로부터 솟아난 빛, 신성함을 갈구했던 이름 없는 양치기들과 시인들의 영혼을 밝혀 주었던 바로 그 빛이었다.

멀고 낯선 세계를 동경하며 복잡하고 시끄러운 도시로부터 온 소녀들을 기다리고 있는 건 비슷비슷한 바위들을 파서 만든 움막 같은 누추한 거처였다. 잠자리를 본 코지마의 여동생은 성질을 부렸지만 파올라 고모에게는 풀이 깔린 바닥에서 두툼한 요와 베개, 이불을 덮고 자는 게 당연한 일이었다. 벽에 박힌 못들이 옷장이었고 방구석에 있는 돌로 된 의자에서 세수를 했다. 바로 옆에는 먹는 물이 담긴 크레타 물병이 놓여 있었다. 반항의 의미로, 아니 재미 삼아 소녀들은 바로 옆 쪽방에서 지내는 이냐치오 삼촌의 가발을 쓰고 잠자리 주위를 빙글빙글 돌며 놀았다. 그리고는 안락한

¶ 까마귀과 새의 일종-옮긴이

숲으로 나갔다. 보금자리들로 가득한 숲속은 놀라울 정도로 호사스러운 곳이었다. 이끼가 만들어낸 소파와 그림들, 한 번도 본 적 없는 아름다운 문양이 아로새겨진 비단들이 그득했다.

거처를 보고 실망하지 않은 건 코지마뿐이었다. 방안에서 풍기는 축축한 풀 내음, 원시적인 도구들, 숲의 녹색 커튼으로 가려진 문, 거친 돌로 된 의자와 크레타 물병 그리고 코르크와 뿔로 만든 양치기의 물건들은 그녀에게 오래전 기억에 대한 감각을 일깨워 주었다. 체구가 작은 외할머니에 대한 어린 시절의 기억과도 비슷했다. 외할머니는 오래전 난쟁이 요정들이 살던 자연 속에서 생활하던 분이었다. 높은 바위산 한가운데 있는 화강암으로 된 작은 집에서 지내셨다.

코지마와 자매들이 오면서 원시적이었던 거주지가 그나마 안락해졌다. 몇 벌의 옷을 못에 걸고 먼지와 방문객들의 호기심을 피하려 숄로 덮어 놓았다. 잠자리 앞에는 모직으로 된 긴 자루를 카펫처럼 깔았다. 신발들을 바구니 안에 넣고 마지막으로 집에서 가져온 작은 선반으로 화장실을 꾸몄다. 밖에서는 파올라 고모의 하인이 나뭇가지로 움막을 짓고 있었다. 적당히 높고 긴 움막은 부엌으로 쓰일 예정이었다. 손으로 불을 지피는 오븐과 석탄 한 자루를 갖다 놓았지만 하녀는 움막 밖에 마련된 아궁이에서 나무로 불을 지펴 요리하는 게 편하다고 했다. 그녀가 손으로 불을 피우자 횃불처럼 불이 타올랐다. 의자 몇 개와 테이블도 마차에 실려 왔다. 테이블은 식탁뿐만 아니라 한시라도 손에서 펜을 놓지 않는 이냐치오 삼촌의 책상으로도 쓰일 것이었다. 큰 방문 옆에 있는 등불 곁에 놓인 테이블은 식탁이자 코지마의 책상이기도 했다. 여행길에 샐까 조마조마하며 검은 천으로 둘둘 말아 신발 속에 쑤셔 넣었던 잉크, 그녀가 들고 온 잉크는 원시적인 거처에 광명과 성스러움을 부여하는 성스러운 존재였다. 잉크와 펜, 그녀의 원고와 책 몇 권을 놓으니 신비로운 예술을 경배하는 작은 제단이 만들어졌다.

그리고 그녀는 자매들을 따라 숲으로 나갔다. 열정적인 즐거움으로 충만한 나날들이었다. 어쩌면 꿈이었을까? 가장 어두운 구석에 머물 때조차 삶을 빛나게 만드는 그런 꿈 말이다. 8월의 환상적인 날들, 빛나는 해와 달, 기적의 작은 성당 주위로 펼쳐진 참나무 풀숲과 그 모든 것들. 움막의 궁핍함과 누추함이 뭐 그리 중하단 말인가? 밤에 기거하는 은신처일 뿐이다. 글을 쓰는 낮 동안에는 오르간 연주 같은 숲의 음악들로 뒤덮였고 밤이 되면 은빛 보자기에 싸인 달이 떠올랐다. 자장가 같은 음악 소리를 들으며 소녀들은 잠이 들었다. 인생에 단 한 번뿐인 소리였다. 하지만 코지마는 그보다 거대하고 불길한 무언가를 느꼈다. 모든 게 놀라운 것들로 짠 신비로운 그물 같았다. 깊은 대양에 둥둥 떠 있는 기분이었다. 야생의 풀숲과 환상의 바위들이 아닌 신비로운 해저의 숲으로 둘러싸인 곳.

코지마

먼 곳에서 맛보는 자유의 감미로움, 지역과 공간들, 아름다운 풍경 그리고 성당 주위를 구경하는 사람들의 소소한 즐거움 외에도 성당의 신부가 머무는 곳의 반대편에는 안토니노 가족들이 지내는 방들이 있었다. 도시의 다른 젊은이들처럼 조만간 그도 이곳에 올 것이다. 이 지역 출신이 아닌 도시 사람들도 황홀한 여름밤을 즐기기 위해 여행을 오곤 했다. 그들은 나무 아래서 야영하며 불을 지피고 저녁을 먹고 춤을 추고 여자들에게 추파를 던졌다. 그러므로 그 역시 올 것이었다. 잠시라도 그를 볼 수 있는 유일한 희망이 있었다. 한 편의 시와 같은 상상이 코지마의 영혼을 무한한 기쁨으로 가득 채웠다.

그러나 코지마는 안토니노의 가족들이 머무는 곳 가까이 다가가지 않았다. 여동생들이 자신의 비밀을 알고 놀려댈까 두려웠다. 그녀의 비밀은 성상을 모시는 장소처럼 위대하고 신성해서 그 누구도 모독해서는 안 되는 것이었다.

어느 날 정말로 그가 찾아왔다. 밀짚모자를 쓰고 손에 작은 나뭇가지를 들고 홀로 걸어왔다. 바위 꼭대기 작은 오솔길에 숨어서 엿보던 코지마는 피곤한 기색의 그가 나뭇가지로 풀들을 헤치며 올라오는 모습을 보았다. 슬프고 무관심해 보였다. 이곳은 그림 같은 곳이긴 하나 그의 수준에는 미치지 못하는 것이리라. 그에게는 벨벳처럼 매끄러운 길이 깔린 공원이 어울릴 것이다. 왕자님을 위한 계단과 테라스와 분수, 17세기 풍으로 꾸며 놓은 정원이 있는 인공 동굴, 그녀가 잡지에서 보고 동경했던 그런 곳들 말이다. 코지마는 비탄에 가까운 감정을 느꼈고 더 이상 그의 기분을 상하게 하지 않으려 몸을 숨겼다. 풍경 속에서 그의 모습은 더욱 빛났다. 그가 스치고 지나간 풀들은 황금 종려 가지가 되어 빛을 발했고 하늘은 너무도 푸르르고 광대했다.

소녀 시절의 환상은 미래에 대한 암시를 주기도 하지만 현실에서의 삶은 소망으로 가득한 영혼들에게 셀 수 없을 만큼 많은 실망을 안겨 준다. 이곳은 신의 왕국이 아닌 지상의 왕국이므로.

코지마는 다시금 서글픈 집에 와 있다. 산에서 돌아온 뒤 몰락에 가까울 정도로 모든 게 슬프게만 보였다. 눅눅한 가을의 빛깔들은 장례식에서 시들어 가는 국화 같았다. 산이 보이는 창이 있는 꼭대기 층 방 안에서 그녀는 추위를 느꼈다. 산봉우리는 이미 눈으로 덮여 있었고 까마귀들의 울음소리가 겨울의 시작을 알렸다. 그러나 그녀는 하늘이 다시 활짝 열리는 순간들과 피를 덥히는 봄의 온기를 간직하고 있었다. 원고지에 매달려 글을 써 내려갔다. 여동생들이 엄마를 귀찮게 하고 안드레아가 바깥 농장에 가 있고 산투스가 늘 그렇듯 끔찍한 꿈을 꾸며 잠을 자는 동안에도 그녀는 환상의 세계로 자신을 내던졌다. 쓰고 또 썼다. 다른 또래 소녀들이 정원을 가로질러 달려가 금지된 사랑의 밀회를 나누듯 그녀 또한 물리적 요구로 인해 글을 썼다. 글 속에서 그녀는 사랑의 밀회를 만들어냈다. 자신이 주인공이 된 세상의 이야기였다. 천진난만함과 광적인 순수함을 간직한 주인공들은 다름 아닌 그녀 자신이었고 〈붉은 얼룩〉이라는 제목을 붙였다. 완성된 글은 손가락 사이에서 부화하는 새처럼 그녀의 차가운 손에서 팔딱거렸고 유리 창문에 날개를 부딪치며 날아올랐다. 자신의 글이 끝없이 펼쳐진 자유를 향해 주저하지 않고 날아가도록 코지마는 내버려 두었다. 패션 잡지와 남성 잡지 편집장에게 타고난 총명함과 평민 출신 노동자의 대범함이 담긴 글을 썼다. 누구를 상대하는지 코지마는 잘 알고 있었다. 손으로 쓴 필사본을 보내달라는 답장이 왔다.

그녀가 창조해낸 인물들에 대해 코지마는 아쉬움과 자랑스러움을 느꼈고 드넓은 세상으로 내보내기로 마음먹었다. 손글씨로 쓴 글 묶음을 캔버스 천과 종이에 조심스럽게 싸서 바다와 육지를 가로지르는 긴 여행 중 무사하도록 끈으로 묶었다. 이제 운송료가 필요했다. 매주 일요일 어머니에게 받는 용돈 몇 푼 외에는 가진 게 없는 코지마의 빈곤한 사정으로는 감당할 수 없는 액수였다. 그러나 어떻게든 해내야만 했다. 뜬구름을 잡는 작가이자 시인은 창고로 내려가 올리브기름 일 리터를 슬쩍했다. 코지마와 자매들에게 도둑질은 그리 어려운 일이 아니었다. 어머니와 하녀가 부엌에서 일하는 동안 동네 여자가 기름이나 포도주를 사러 오면 팔기를 주저하지 않았다. 마침 파올라 고모 댁에서 며칠 걸리는 거리에 사는 재판소 서기관 가족의 하녀가 저만치서 나타났다. 기름 한 병을 사러 온 것이다. 코지마는 돈을 받았다. 반 푼 어치의 작은 은화들이었다. 하녀가 저만치 사라질 때까지 그녀는 하얀 씨앗들이 따뜻해지도록 주먹으로 꼭 쥐었다. 양심의 가책을 느꼈고 두려웠고 조금 수치스럽기도 했다. 그러나 가족 중 누군 가는 숲의 임대료와 아몬드를 판 돈을 반절이나 꿀꺽하고 노름과 여자들로 낭비해버린다는 생각에 이르렀다. 몇 푼 정도는 그녀와 나눠도 괜찮을 것이다. 절반은 집안을 위해 절반은 영광을 위해. 결국 그녀는 도둑질을 했다는 고해성사를 했지만 이유에 대해서 는 말하지 않았다. 속죄받기 위해 금요일과 토요일 금식이 주어 졌다.

곧 소설의 교정본이 도착했다. 무엇을 뜻하는지 코지마는 알 수 없었다. 편집자가 자신에게 견본을 보냈다고 생각했다. 기둥처럼 쌓인 신문만큼이나 많은 페이지들을 보고 그녀는 깜짝 놀랐다. 자신의 작품이 그렇게 변신했다는 사실이 기이하고 황홀해서 교 정본을 손에서 놓지 않았다. 그녀의 이름은 제목 위에 실려 있었 다. 경의를 표하는 것 같았다. 독자들의 호기심을 지나치게 자극 할 것 같은 기분도 들었다. 교정본이 되돌아오지 않자 편집자는 짜증스러운 어투로 그녀에게 수정을 요구했다. 코지마는 수많은 오류들을 고치기로 마음먹었다. 아직도 담배 얼룩 냄새가 코끝 에 느껴지는 아버지의 낡은 사전에서 단어를 찾는 것으로 그녀는 고행을 시작했다. 그녀의 수정법은 전에 없던 새로운 것이었는데 틀린 글자 위가 아니라 종이의 여백에 수정한 내용을 적는 것이었다. 두서없이 싹틔운 낙서들이 꽃처럼 피어난 책은 엉망진창이 되었고 인쇄공은 뜻을 풀어내려고 땀을 뺐다. 편집자는 더 이상 그녀에게 교정본을 보내지 않기로 했고 대신 소설 표지에 실을 사진을 보내달라고 했다. 코지마에게는 단 한 장의 사진이 있었는데 처음으로 자신에게 환멸을 느끼게 된 사진이었다. 풀어헤친 머리에 상복처럼 보이는 빳빳한 보라색 옷을 입은 사진 속 그녀는 두 눈을 야만스럽게 부릅뜨고 멍청해 보이는 입술로 경직된 자세를 취하고 있었다. 사춘기 시절 변모하는 외모로 인해 내적인 성향이 왜곡된 최초의 사건이었지만 그녀는 여전히 자신이 아름답고 섬세하다고 느끼고 있었다. 암흑기의 사진을 꿈에 그리던 자신의 책 표지에 넣을 수는 없었다. 하지만 사진을 다시 찍는 건 그리 간단한 일이 아니었다. 많은 돈이 드는 일로 힘과 용기, 무엇보다 간교함을 필요로 했다. 또 다른 반 리터의 기름과 포도주가 집안 경제에서 빠져나갔다. 사진사의 집 근처에 있는 가족의 농장으로 소풍을 다녀오겠다는 핑계를 대고 그녀는 집을 나섰다. 잡지에서 보았던 것처럼 타조 털이 달린 크고 검은 부채를 머리 위로 들고 코지마는 빈약한 가슴을 활짝 폈다. 날개를 펴고 솟아오르는 것을 상징했다. 눈빛에는 살짝 과장된 동양적인 권태로움이 깃들었고 얼굴은 부드럽고도 음울했다. 그녀가 원했던 바이기도 했고 사진이 어디에 쓰이는지를 나름대로 파악한 눈치 빠른 사진 사의 실력 덕분이기도 했다. 그는 코지마가 자신을 흠모하는 누군가를 예술과 열정으로 유혹하기 위해 사진을 찍는 것이라 여겼다. 왕만큼이나 부유한 아니 어쩌면 그보다 더한 힘을 지닌 먼 곳의 첫사랑은 다름 아닌 독자들이었다. 젊고 영리하고 환상을 품은 그녀와 비슷한 부류의 독자들.

코지마의 책은 여성들에게 커다란 인기를 얻었다. 소녀들은 날지 못하는 타조 날개와 같은 한밤중의 밀회로 이루어진 자신들의 사랑을 닮은 책의 내용에 열광했다. 편집자는 그녀에게 소설 백 부를 보내왔다. 작품에 대한 보상은 그게 전부였다. 창고에서 훔친 기름과 포도주만큼의 값어치도 안 되는 정도였다. 커다란 소포가 집 앞에 유성처럼 툭 하고 떨어지자 어머니는 놀라 자빠질 지경이었다. 처음 본 동물을 마주한 개처럼 당혹과 의심에 차 밤이 깊도록 소포 주위를 맴돌았다. 다행히도 코지마는 먼 사촌이 이발소를 하고 있고 신문과 잡지들을 비치해 둔다는 사실을 기억해냈다. 나름 지적인 사람이었고 지역 신문에 기고를 하기도 했다. 이발소에 소설 몇 부를 두고 싶다는 코지마의 요청을 수락한 그는 소설에 대해서는 한 치의 관심도 보이지 않았다.

그 사건 이후 우리의 작가는 도덕적으로 완전히 무너져 버렸다. 신경질적인 숙모들은 제쳐 두고라도 마을의 배운 사람들과 글을 읽을 줄 모르는 여자들은 소설을 금지된 책이라 여겼다. 모두가 소녀로부터 등을 돌렸다. 악의 상징이자 수치스럽고 방탕한 예언이었다. 야생적인 정결함으로 인해 어두운 감옥에 갇힌 세례 요한의 목소리가 잔인한 헤로디아[**]에게 맞서 울부짖었다.

안드레아조차 기뻐하지 않았다. 그가 꿈꿨던 여동생의 영광은 남편을 찾지 못할 거라며 위협을 당하는 게 아니었다. 그러나 코지마의 굴욕을 위로하기라도 하듯 팬들로부터 편지가 오기 시작했다. 개중에는 청년들의 편지도 있었다는 게 무엇보다 다행이었다. 한 청년은 로마에서 편지를 보내왔다. 로마라니! 그녀에게 바치는 시에 곡을 붙인 짤막한 사랑의 노래였다. 평론가 기질을 타고난 코지마가 보기에 형편없는 문장들이었지만 그래도 음악만은 좋을 것이라 믿으며 스스로 허영심을 채웠다. 음악의 음 자도 몰랐던 코지마는 성당에서 오르간과 기타와 하모니카 연주를 들은 게 전부였다. 무엇보다 그녀를 뒤흔든 건 젊은 청년이 자신에게 바친 노래라는 상상 속 울림이었다. 아마도 그는 아직 소년일 것이다. 시를 쓰고 음악을 작곡할 줄 아는 소년, 고등 교육을 받은 사람들이 사는 문명사회에서 지내고 있을 것이다. 안토니노보다는 미성숙하지만 지역의 심미안 덕분에 더 세련되게 성장하는 중일 것이다. 그런 그가 그녀를 생각한다. 꿈속 고독한 바다 저편 해안가에 사는 그녀를. 먼 곳에 사는 그녀의 첫사랑, 문장을 통해 나

[**] 살로메의 모친-옮긴이

이와 성별은 짐작할 수 있었지만 이름도 주소도 모를 미지의 음악가. 그 한 통의 편지 이후로 그는 더 이상 시를 쓰지도 말을 건네지도 노래하지도 않았다. 한밤중 새의 울음과 스쳐 지나가는 부름처럼 멀고 희미한 빛에 홀렸던 것이리라. 유령 음유시인의 세레나데는 낭만적인 책에 나오는 달빛이 비치는 숲을 빠져나갔다. 그 사건은 코지마가 안토니노로부터 마음을 돌리도록 해 주었다. 그는 코지마가 자신에게 마음을 두고 있다는 사실을 손톱만큼도 모르고 있었지만 그녀에게는 중대한 일이었다. 안토니노에 대한 기억 사이 사이로 실망의 줄이 엮였다. 값비싼 옷감이 올이 풀려 찢어지듯 조금씩 풀려나간 올은 더 이상 틀어막을 수 없었다. 그리고 또 다른 일이 벌어졌다. 다른 시인 하나가 그녀에게 마음을 둔 것이다. 이번에는 가까운 곳에 있는 이였다. 아니 그는 지나치게 가까운 곳에 있었고 그녀와 가까워지기 위해서라면 무슨 일이든 할 태세이었다. 오호라! 그는 작달막하고 슬프고 처절한 시인이었다. 태어날 때부터 절름발이였고 사정이 좋지 않아 공부를 못했으며 품위 있는 자리에 오르지도 못했다. 길 끝자락 집에 이사 온 서기관의 서자였는데 소문에 의하면 서기관은 아들을 알아보지 못했지만 어쨌든 그를 거두었고 필사와 글을 쓰는 일을 하도록 했다고 한다.

서기관은 홀아비였고 이미 나이가 든 두 딸이 있었다. 딸 하나는 숱이 많은 곱슬머리를 검게 물들였고 다른 딸은 불에 그슬린 것 같은 금발에 볼에는 고양이처럼 삐죽삐죽 털이 나 있었다. 주변 사람들과 잘 지냈고 마을의 처녀 중에는 그녀들의 남동생으로 추정되는 남자와 근사한 결혼을 꿈꾸는 이들도 더러 있었다. 그는 포르투니오라 불렸는데 행운을 바라는 뜻의 이름이었다. 잘생긴 얼굴에 여성스러운 갈색 눈과 생머리에서 윤기가 흘렀다. 철로 만든 신발을 신고 절뚝이며 다리를 끄는 그의 모습은 여자들의 모성애와 동정심을 자극하기에 충분했다.

그의 누이들은 코지마와 친분을 맺는 데 성공했다. 약간의 거리를 유지한 형식적인 친분이었다. 하녀를 보내 언제쯤 코지마의 집을 방문하면 폐가 되지 않을지 물었다. 새 옷을 차려입고 앵무새 같은 모자를 쓴 그녀들은 정확한 시간에 도착했고 포르투니오에 대한 이야기를 멈추지 않았다. 포르투니오도 책을 냈고 포르투니오도 소설을 썼고 포르투니오도 수많은 편지들을 쓴다고 했다. 하녀를 통해 코지마에게도 한 통의 편지를 전한 적이 있었는데 그녀는 본능적으로 그의 편지를 숨겼다. 편지를 열어보았을 때 그녀는 웃음을 참지 못했다. 동료 시인은 지방의 사투리를 이탈리아 말로 번역하기 위해 무진장 애쓰고 있었지만 정확한 뜻은 모르고 있었다. 그녀는 답장을 보냈고 그가 감사의 편지를 보내왔다. 그들의 편지에는 하녀의 기름때 묻은 손자국이 찍혀 있었다.

포르투니오와의 우정은 점점 깊어졌고 코지마는 새로운 친구들인 누이들의 집을 방문했다. 집은 누추했고 불결할 정도로 어수

선했다. 두 명의 늙은 처녀들, 뒤엉킨 검은 곱슬머리와 눈 흰자까지 내려오는 삐죽삐죽한 앞머리를 지닌 그녀들은 환멸에 가까울 정도로 불신을 불러일으켰다. 제라늄 꽃병을 보여주겠다며 어린 소녀들을 집 안으로 유인하는 두 마녀 같았다. 식당으로 쓰는 작은 방 안에 아니나 다를까 절름발이 청년이 들어왔다. 코지마는 고개를 숙이고 식탁보를 쳐다봤다. 풍경이 그려진 성냥 상자들을 짜 맞춘 형편없는 식탁보였다. 그의 신발 끄는 소리가 장애물을 앞에 둔 말발굽 소리처럼 멈춰 섰다. 놀란 그녀가 얼굴을 붉히며 자리에서 일어섰다.

사실 그 또한 얼굴이 붉어지고 입술은 떨리고 있었다. 코지마는 그의 입술이 아름답다는 걸 알아차렸다. 육감적이지만 천박하지 않은 잘 익은 과일처럼 건강하고 유혹적인 입술이었다. 처음으로 그녀는 입맞춤이 주는 느낌을 상상했다. 끔찍한 자연의 힘에 압도당해 서로를 원하는 욕망을 지닌 두 사람의 물리적이고 육체적인 입맞춤. 그의 입술 또한 떨리고 있었다. 이유는 알 수 없지만 울음을 터뜨리기 직전의 아이 같았다.

포르투니오는 코지마와 잘 되어 가는 것처럼 보였다. 적어도 남들이 보기에는 그랬다. 그는 대범하고 노골적이었지만 내면적으로는 그녀와 그녀가 속한 계층의 사람들, 아무런 근거도 없이 거만함으로 충만한 이들에 대한 증오를 간직하고 있었다. 그녀는

코지마

부유한 축에 속했고 귀족적이었으며 오빠들의 심각한 과오에도 불구하고 높은 지위에 있는 소녀로 대우받았다. 사람들은 코지마가 지닌 작가로서의 불확실한 능력에 매력을 느꼈고 마을 전체와 먼 곳에 사는 사람들까지도 그녀에게 관심을 가졌다. 영리한 포르투니오는 그녀가 카드놀이를 하고 있다는 사실을 알고 있었다. 질 수도 있지만 이길 수도 있다. 위대한 예술가는 다가올 일들을 절대 피하지 않을 것임을 그는 마을 사람들 누구보다 더 잘 알고 있었다. 코지마의 내면에는 예술가가 있었고 그는 지적인 면을 포함한 모든 면에서 부족한 사람이었다.

포르투니오는 그녀에게 열정적인 구애를 시작했는데 어떤 면에서는 진실이었고 어떤 면에서는 탐욕과 이득 때문이었다. 그의 편지는 점점 대담해졌고 자유롭게 교환하던 책들의 표지 위에 풀로 붙여 그녀에게 보냈다. 아름답고 시적이고 매혹적이었다. 모르긴 해도 그가 작가로서 썼던 그 어떤 것보다 더 훌륭한 작품이었으리라. 코지마는 그의 편지들을 탐욕스럽게 빨아들였고 안드레아에게 들키는 게 두려워 꼭꼭 숨겨 두었다. 안드레아가 편지들을 발견하는 날에는 비극이 일어날 것이다. 그에게 있어서 포르투니오는 사회적으로나 육체적으로나 미약하기 짝이 없는 존재였다. 하인보다도 피리 부는 남자보다도 못한 존재. 코지마에게 세레나데를 헌정한 그를 안드레아가 용서한 건 추호도 의심하지 않았기 때문이었다. 젊은 절름발이는 친구들과 함께 코지마의 집 아래서 기타 연주에 맞춰 사투리로 부르는 열정적인 노래인 세레나데를 불렀다. 세레나데는 지역의 오래된 전통이었다. 그중에서도 사랑의 세레나데는 합창단을 동원해 옛날 노래들을 부르는 민중 세레나데 혹은 학생들과 다른 지역 출신 부유한 젊은이들이 부르는 세레나데와는 확연히 달랐다.

기타와 만돌린, 하모니카 반주를 곁들인 천박한 노래에 맞춰 젊은이들은 수도승 같은 옷 위로 머리를 내밀고 있었다. 사랑의 노래로 한밤중의 침묵을 깨는 정열적인 목소리의 주인공이 누구인지는 그러나 불분명했다. 사랑에 빠진 남자는 그의 사랑스러운 동경이 장애물을 마주치거나 처벌받지 않도록 사랑하는 이의 창문과 다른 아가씨들이 사는 집 아래서 세레나데를 연주했다.

그렇게 포르투니오는 재미로 세레나데를 부르는 사람인 양 사랑을 표현할 수 있었다. 보편적인 사랑의 꿈을 노래하는 영혼 또는 한밤중에 노래와 선율을 연습하는 예술가처럼.

코지마는 그의 구애에 좀처럼 넘어가지 않았다. 그러던 어느 날 밤, 그녀는 언덕에서 불어오는 바람을 타고 멀리서 점점 가까이 다가오는 거칠고 따뜻한 촉각의 먼바다로 날아오르는 기분을 느꼈다. 동쪽의 대지로부터 봄을 알리는 바람이 불어오는 3월의 어느 날 밤이었다. 포르투니오의 목소리였다. 힘차고 따뜻하면서도 차가운 진정한 테너의 음성이었다. 포르투니오의 누이들이 꾀를 짜내 그를 가수로 만든 것이다. 자작시에 곡을 붙인 노래들은 달콤한 꿈처럼 소녀들의 잠자리 속으로 스며들었다. 사랑에 빠진 이의 품에 안길 때까지 천사의 날개처럼 점점 따사롭게 그녀를 감싸 안았다.

코지마도 반응을 보이기 시작했다. 살아오면서 마주친 수많은 잔인한 일들로 인해 그녀 안에는 더 이상 낭만이라는 게 없었다. 하지만 극적인 변화가 일어나리라는 희망을 품을 수 없는 지루한 나날들이 부당한 형벌처럼 그녀를 옥죄어 왔다. 그녀와 같은 여자들에게 오래전부터 주어진 형벌이었다. 드넓은 지평선 넘어 활기찬 인생을 향해 날아가고 싶은 욕망을 불태우라고 속삭이는 목소리에 코지마는 귀를 기울였다. 포르투니오의 존재가 믿음직스럽지 않았고 경멸스럽기까지 했지만.

문학적인 모험의 첫 열정이 사그라든 5월의 어느 날, 그녀에게 심한 실망감을 안겨준 편지가 도착했다. 빈약하지만 진실한 그녀의 노고에 대해 손글씨로 쓴 긴 평론이었다. 소설, 단편 그리고 아이들을 위한 잡지에 실린 동화에 이르기까지 약간의 비난이 아닌 그녀의 글을 세차게 내리치는 철저한 도끼질이었다. 논리적이고 양심적인 어조의 평론가는 모든 게 단지 파편에 불과하다고 결론을 맺었다. 코지마의 어머니가 빵을 굽는 오븐에 불을 지피는 파편들. 돌아와, 돌아오렴, 작은 아이야. 아버지의 작은 정원으로. 패랭이꽃과 인동덩굴에 물을 주고 양말을 짜야지. 좋은 남편을 기다리면서 커야지. 현모양처가 될 준비를 해야지.

코지마는 분노와 모욕으로 울음을 터뜨렸다. 잘못된 길을 선택했다는 마음이 들자 내면이 요동쳤고 참된 운명의 유배지로 되돌아가기로 마음먹었다. 형벌의 종이는 찢어 버렸다. 늘 하던 바느질과 요리를 했고 자매들과 산책하며 찬란한 봄의 들판으로 위안의 소풍을 다녔다.

한번은 포르투니오의 누이들과 함께 소풍을 갔다. 산 중턱 바위 사이로 흐르는 샘물 옆에 펼쳐진 잔디밭에서 먹을거리를 준비해 온 건 그녀들이었다. 순박한 기쁨에 찬 모습이 말괄량이들 같았다.

코지마는 언덕 꼭대기 너머로 지는 태양을 바라보며 근심을 거둬들였다. 꿈결 같이 펼쳐진 올리브 동산 위로 부질없는 계획과 시에 대한 그녀의 꿈을 떨쳐 버렸다. 마음을 비추는 햇빛 아래 그늘에 누워 상처가 아물고 새 살이 돋는 기쁨을 만끽했다. 바위 틈새로 흐르는 샘물처럼 투명한 갈증을 풀어주는 유일한 빛, 그때 우뚝 솟은 길가에서 포르투니오가 모습을 드러냈다.

늘 그렇듯 그는 우연히 그곳에 온 듯했다. 높은 돌담 쪽에서 누이들을 바라보며 담소를 나눴다. 누이들은 포르투니오에게 가까이 와서 간식을 먹자고 청했다. 간식을 챙겨 온 건 그녀들이었으니 당연한 일이었다. 하지만 그는 냉정하고 서글픈 어투로 거절했고 절뚝거리는 다리를 숨기려는 듯 큰길 돌담에 머리를 내밀고 서 있었다. 황혼에 반사되어 빛나는 생기 넘치는 두 눈과 입술을 지닌 얼굴로 담을 뛰어넘고 싶다는 듯 슬픈 시선으로 먼 곳을 바라보며 연분홍 석고상 같은 손톱이 달린 가느다란 손에 뺨을 기대고 있었다. 그의 모습은 산투스가 갖고 있는 오래된 샤또브리앙 잡지에 실린 삽화처럼 낭만적으로 다가왔다. 그리하여 그 불운한 젊은이는 전원의 황혼이 만들어낸 고독 속에 스러져가는 코지마의 비밀스러운 열정에 포로로 잡히고 말았다. 담쟁이넝쿨과 이끼로 뒤덮인 암벽 사이 베어진 떡갈나무 그루터기에 걸터앉아 그는 자신의 슬픈 처지를 곱씹고 있었다. 슬픔, 슬픔이야말로 젊은 포르투니오를 대변했고 코지마의 마음은 차마 그를 뿌리칠 수 없었다. 인간의 고통을 노래하는 영원한 시를 읊는 목소리가 들려왔다. 샘물이 흐르는 바위에 기대선 불운한 시인을 놔둔 채 일행은 돌아갔다. 땅거미가 깔려 이미 금빛이 된 그늘 사이로 그의 애처로운 불평 소리가 들려왔다. 경사진 곳에 이르자 코지마는 발길을 되돌렸고 일행들은 밭일을 마치고 돌아가는 여인네들처럼 웃고 노래하며 큰길을 향해 달려갔다.

　부서진 성 같은 바위들 위 산봉우리 사이로 달이 떠올랐다. 오렌지 빛깔로 물든 지평선 위로 라일락처럼 어스름한 빛이 내려앉았다. 향기로운 풀들이 따뜻한 공기를 촉촉하게 적셨다. 멀리서 들려오는 포르투니오의 노랫소리가 누이들의 노래에 화답했고 그들이 부르는 노래의 날개 위에 코지마의 어렴풋한 슬픔이 내려앉았다.

코지마, 네가 원하는 게 뭐지? 그녀조차 알 수 없었다. 숨 막히는 집으로 돌아가지 않으려 그녀는 여기 멈추고 싶었다. 큰길 가 돌담에 그녀 또한 몸을 기대고 싶었다. 신비에 싸인 언덕 위로 점점 밝고 환해지는 달과 하늘을 향해 난 길을 따라가 보고 싶었다.

즐거움에 빠진 일행들은 그녀를 잊은 채 앞서갔고 코지마는 홀로 그 자리에 남았다. 세상 한 편에서 길을 잃고 잊혀진 존재 같았다. 졸린 소들이 끄는 농민들의 마차가 길을 오르고 말을 탄 사람과 개천에서 빨래를 마치고 돌아가는 여인네들이 지나갔다. 새하얀 길 위로 어둠이 길게 내렸고 축축하고 향기로운 공기 사이로 목소리와 발걸음 소리가 부드럽게 퍼져 나갔다. 다른 이들과는 다른 발걸음이었다. 유령 같은 존재, 요정, 소리를 내지 않으려 조심하는 거인 아니면 치명적인 벨페고르†† 또는 날개를 펴고 은으로 만든 탑과 산속에 있는 달의 계단으로 데려다줄 수 있는 천사장.

포르투니오, 기타를 메고 있었더라면 더 좋았을 것을, 지평선이 만들어낸 환상의 성채들을 둘러싼 이끼 숲으로부터 내려온 음유 시인이여. 해피 엔딩이 늘 그렇듯 한 손에는 책을 들고 있었다. 달빛 아래 환히 보이는 꿈을 향한 문을 여는 마법의 단어들이 담긴 책. 문장들, 사랑의 문장들.

그는 코지마에게 다가와 조용히 곁에 앉았다. 그녀는 놀라지 않

---

†† 신화 속의 존재-옮긴이

았다. 모든 게 그렇게 정해져 있었다. 그가 어깨를 팔로 감싸 안았을 때 그녀는 반항하거나 도망치려 하지 않았다. 모든 게 그렇게 정해져 있었다. 포르투니오의 몹쓸 누이들이 꾸며낸 일이었지만 시간과 장소, 사랑하는 이들의 수호신이 만들어 낸 마법이기도 했다. 그늘이 무리를 이루며 길 가장자리까지 펼쳐졌다. 바위들의 그림자가 돌담까지 내려와 벨벳으로 된 커튼처럼 드리우며 두 젊은 시인들의 얼굴을 감쌌다. 그리고는 아름다운 두 얼굴이 하나가 되도록 만들었다. 사랑의 얼굴이었다.

모든 게 그들을 보호해 주는 것 같았다. 쉽사리 편지를 교환했고 거리에서 마주쳤고 코지마 집안 채소밭 가까운 곳에서 만나기도 했다. 밤이 되면 어머니와 자매들은 휴식을 취했다. 큰 여동생은 고통과 기도의 베일을 쓰고 찾아온 졸음에 휩싸여 둘째는 아직 희고 순수한 꿈을 꾸며 잠이 들었다. 코지마는 두려움을 억누르며 나지막한 담을 뛰어넘었다. 그들을 보호해 주는 구석진 그늘에서 진정한 열정과 불안에 휩싸인 그를 찾아냈다. 그녀의 작은 친구는 그토록 놀랍고도 조용했다. 그녀 자신의 유령이었다. 그가 입을 맞추도록 내버려 두었다. 사람의 온기를 느꼈다. 전율, 족쇄 풀린 영웅의 울부짖음, 떨쳐낼 수 없는 무능한 폭력. 한편으로는 차갑고 악의에 찬 지성이 자신과 상대방에게 대항하는 투쟁에서 그녀를 지지하고 있었다. 그녀는 지쳤고 구역질이 났고 수치와 후회의 쓴맛을 보았다. 후회, 모든 걸 제쳐 두고 죄를 범했다는 후회가 밀려왔다. 그녀는 절대 포르투니오와 결혼하지 않을 것이었다.

지역의 선한 사람들 사이에 새로운 소문이 돌기까지 그 일은 비밀에 부쳐졌다. 그러나 다들 알고 있었다. 코지마만이 절름발이, 서자, 배신자와 그따위 행각을 벌일 수 있다는 걸. 안드레아는 어느 날 사람들이 모인 광장에서 기타 치는 놈의 나머지 다리 하나를 몽둥이로 부숴버리겠노라고 말했다. 코지마에게는 따귀 몇 대와 몇 차례의 주먹질을 처방했다. 절구 속에 담긴 소금처럼 그녀의 영혼을 짓이겨 놓았다.

이 또한 인생 학교 수업의 일부였다. 코지마는 자신이 좋은 가정 출신의 다른 소녀들과는 달랐고 같아서도 안 됨을 실감했다. 비양심적인 행동과 사랑의 죄를 교활함으로 덮는 건 그녀의 심성이 허락지 않았다. 신은 그녀에게 평범함을 뛰어넘는 영특함을 주셨다. 진실의 길을 스스로 판단할 수 있도록 빛과 어둠의 실 한 오라기까지 보이는 깊고 맑은 양심을 주셨다. 포르투니오에 대한 망상, 감상적이고 성적인 호기심의 망상은 벌을 받아 마땅했다. 자신을 돌아보고 종교적인 삶을 살기로 그녀는 결심했다. 어느 순간 거의 병적이 되어버린 안토니노에 대한 생각에서도 벗어났다. 왜 쓸데없는 환상을 따르려 하는 거야? 자신에게 부끄럽지도 않아? 창밖을 내다보며 날씨가 만드는 풍경을 감상하는 일도 그만두었다. 여동생들과 친구들과 어울려 다니는 일도 그만두었고 침묵과 체념, 쳇바퀴 같은 일들 속에 자신을 가두었다.

일상적인 나날들이 흘러갔고 오래도록 이어질 겨울처럼 날씨는 어둡고 음산했다. 어느 날 밤, 집안에서 이상한 신음 소리가 들려왔다. 안드레아가 진정하고 잠을 자라고 형 산투스를 설득하는 중이었다. 불쌍한 산투스는 동생의 말을 듣지 않았고 침대 밑에 있는 시커먼 남자가 목을 조르려 한다며 울부짖었다. 거미와 지네들이 득실거린다고 소리를 지르며 벽을 더듬었다.

곧 어머니와 하녀, 자매들이 두 형제 주위를 에워쌌다. 산투스의 얼굴은 창백했고 발작에 가까운 두려움으로 휘둥그레진 두 눈은 금속처럼 번뜩였다. 헛소리를 계속했다. 빈사 상태나 공수병보다 더 끔찍한 정신 착란이었다. 안드레아는 알아차렸다. 전에 없던 두려움이 코지마를 엄습했다. 집 안에 진짜로 시커먼 남자들이 득실거리며 끔찍한 일을 벌이려 숨어있는 것 같았고 벽에는 독거미들이 들끓는 것만 같았다. 어머니는 산투스가 악령에 사로잡혔다고 믿었다. 악령을 물리치기 위해 잘 아는 신부님을 모셔 와야 한다고 했다. 그러나 안드레아는 쓸데없는 소리라며 산투스를 침대에 눕히고 밤새 그의 곁을 지켰다. 잊을 수 없는 고통의 밤이었다. 코지마는 그날 밤 인생이라는 끔찍한 책의 또 다른 한 장을 넘겼다. 신부님을 대신해 의사 선생님이 집에 오셨다. 그는 안드레아에게 형을 잘 지켜보라고 했고 둘은 집에서 그리 멀지 않은 가족 소유의 밭에 있는 오두막에 가서 지내게 되었다. 지층에 있는 작은 방들은 사람이 살 수 있도록 꾸며졌다. 몇 개의 작은 창을 통해 먼 산을 바라볼 수 있다는 게 유일한 낙이었다. 산투스는 상황을 순순히 받아들였다. 알고 보면 착하고 온순한 사람이었다. 자신이 처한 상황에 대해 누구보다도 비탄한 심정이었다. 의사 선생님은 그 어떤 노력으로도 고칠 수 없는 병이라고 했다. 흐릿한 눈동자 속에 짙은 아픔이 깃들었다. 이따금 나아지는 것 같기도 했고 일을 하려고도 해 보았지만 또다시 나빠지기를 반복했다. 아직 죽지 않고 뿌리에 붙어있는 꺾어진 나뭇가지 같았다. 자신에게는 돌이킬 수 없을 정도로 무익하고 타인에게는 해를 끼치는.

여자들만 머무는 집에 잠시 평화가 찾아왔다. 그러나 곧 고통의 그늘이 모습을 드러냈다. 어머니는 전보다 더 조용하고 창백하고 가끔 불안에 시달렸다. 귀중한 무언가를 잃어버린 사람과도 같은 불안이었다. 조금씩 이상하게 변해가기 시작했다. 이따금 숄 아래 짐 보따리를 숨기고 살금살금 집에서 나가곤 했다. 먹거리와 옷가지를 챙겨 아들들이 사는 집으로 갔다. 오두막에 딱히 부족한 건 없었다. 산투스가 평정을 되찾을 때면 안드레아는 집에 와서 식사를 했고 둘 다 하루도 빠짐없이 집에 들렀다. 하지만 어머니는 행여 뭐라도 부족하지 않을까 두려워했다. 숲속에서 길을 잃은 아이들처럼 아들들을 찾으러 가곤 했다. 그녀 또한 절망이라는 위험한 숲속에서 길을 잃고 있었다.

코지마

형제들이 지내는 오두막과 가까운 곳에는 가족이 소유한 올리브 작업장이 있었다. 산 중턱을 파내 만든 것 같은 불규칙하고 긴 방은 어둡고도 환했다. 기름처럼 검고 튼튼하고 참을성 있는 말한 마리가 올리브를 짓이기는 둥그런 통의 바퀴를 돌리고 있었다. 보랏빛 올리브 반죽을 둥근 천 보자기에 부어 철로 된 압착기로 눌러 짜냈다. 벽에서 파낸 것 같은 압착기를 막대기로 조정하는 건 남자들로, 방앗간지기와 그의 보조였다. 검고 끈끈한 기름이 커다란 통 안으로 떨어졌다. 압착을 끝낸 올리브 반죽은 커다란 창문 밖으로 쏟아부었다. 텃밭에 만들어진 올리브 향기가 진동하는 작은 언덕은 여름마다 찾아와 아몬드 열매를 사 가는 장사치에게 팔릴 것이다. 아몬드와 올리브는 가족들에게 남겨진 변변찮은 유산이었고 기름을 짜는 사람에게는 일당을 지급했다. 하지만 조심해야 했다. 성인의 눈을 지닌 체구가 작고 신앙심이 깊은 방앗간 주인은 수년 동안 코지마의 집안일을 해온 사람이었지만, 틈만 나면 손님들과 주인들의 것을 슬쩍 하기 일쑤였다.

올리브 작업장은 늘 사람들로 북적였다. 창문과 압착기 사이 한 구석에는 불이 피워져 있었다. 불 위에 올려놓은 들통 안에는 천 보자기를 빨기 위한 물이 끓고 있었다. 저녁이 되면 불 주위로 한 무리의 사람들이 모여들었는데 그럴 때면 렘브란트 그림에 버금가는 광경이 펼쳐졌다. 전부 직업이 없는 가난한 사람들이었는데 상황에 의해서라기보다 스스로 가난을 선택한 이상한 사람들이었다. 불 주위에서 몸을 덥히고 다른 사람들과 만남으로 기운을 얻었다. 제일 앞줄에 서 있는 붉은 얼굴을 한 남자는 한때 부자였으나 여자와 포도주로 재산을 몽땅 잃었다. 다음으로 서 있는 늙은이는 족장처럼 수염을 길렀는데 그 또한 몰락한 이로 정원지기와 고양이 사냥으로 시간을 보냈다. 그가 잡은 고양이들은 훌륭한 영양 공급원이 되어 주었다. 어엿한 시민들과 어울리고 싶으나 거절당한 사람들이었다. 올리브기름을 짜러 온 작은 농장 주인들 사이에는 작업장 주인인 안드레아도 있었는데 가끔 방앗간지기를 감시하러 왔다. 무리 사이에는 늘 산투스가 있었다. 그가 모습을 드러내면 너나 할 것 없이 자리를 양보했다. 그 또한 불 주위에 모여든 비참한 동료들의 거스를 수 없는 자취를 따라가고 있었다. 모두가 그를 존중했는데 산투스는 지낼 곳이 있었으며 동생의 보호를 받고 있기 때문이었다. 아니, 그의 착한 심성을 아는 이들은 콩고물이라도 떨어지길 바라며 모두 그와 친해지고 싶어 했다. 종종 빠져드는 진흙탕 같은 무의식에도 불구하고 산투스는 자신의 상황을 인지했고 다른 사람을 배려할 줄 알았다. 작업장에 모인 사람들과 함께 있는 걸 좋아했는데 자신도 그들처럼 헤어나올 수 없는 수렁에 빠진 사람 중 하나였기 때문이다. 그 모임이 애처롭다고 생각한다면 오산이다. 그들이 걸친 비에 젖은 누더기가 불에 마르면 인자한 모습의 떠돌이들은 포도주나 코냑을 꺼내 마시기 시작했다. 어린아이 같은 즐거움이 그들 사이에 가득했

코지마

다. 한 사람이 오페라의 한 곡조를 뽑자 다른 이가 빵 한 덩어리를 꺼냈다. 빵을 잘라 올리브기름에 적셔 불에 구워 형제처럼 동료들과 나눠 먹었다. 산투스가 사람을 보내 포도주 한 통을 사 오도록 했고 모두의 건강을 위해 건배하며 나눠 마셨다. 건강과 장수를 위하여, 인생은 살아있다는 사실만으로도 기뻐하는 사람들의 것이다.

늦가을 아침의 추위 속에 회색에 가까운 나날들이 죽 이어졌다. 하지만 하늘은 점차 밝아졌고 연못처럼 빛나는 산 위로 펼쳐졌다. 산꼭대기에 하얗게 얼어붙은 눈은 햇빛을 받자 진줏빛으로 젖어 들었다. 슬픈 꿈과 싸우며 잠을 자다가 달콤한 현실로 돌아오는 사람 같았다. 그때부터는 만물이 색채를 띠었다. 하늘은 바위로 가득한 섬들 사이에 펼쳐진 바다 같았고 나뭇가지 위에는 금빛 나비 같은 마지막 잎새가 나부꼈다. 산들은 본래의 하늘색과 붉은색을 되찾았다.

코지마는 벌써 스무 살이 되었지만 때로 더 어려 보이기도 더 들어 보이기도 했다. 하얀 얼굴에는 분노가 서렸고 두 눈에는 야생의 기운이 깃들어 있었다. 외모에 무관심한 노인네처럼 머리카락을 이마 위로 질끈 묶었으며 꾹 다문 가지런한 이빨 사이로 바위틈 샘물처럼 흘러나오는 순수한 미소는 청순한 아침 하늘처럼 밝게 빛났다. 안드레아가 집을 비울 때면 종종 그녀가 들판에 나가 일하는 사람들을 감독해야 했다. 방앗간지기가 악독한 술의 도움으로 산투스에게 제멋대로 한다는 걸 알기 때문이었다. 코지마는 용기를 냈고 올리브 작업장 안에 들어가 훌륭한 감독관 역할을 해냈다. 안드레아의 작은 방 안에는 올리브를 짠 양을 기록하는 장부가 있었다. 한 번 짤 때마다 700하고 1/2리터가 나왔고 일당으로 가공하지 않은 올리브기름 2리터를 통 안에 남겨 두었다. 주인이 원하면 돈으로 쳐 주기도 했다. 많은 이들이 돈을 바로 내지 않고 외상을 했다. 코지마는 책상에 앉아 기름에 찌든 장부를 넘기며 형제들을 위한 빵과 음식이 얼마나 남았는지 따져 보았다. 기름을 짠 사람들의 이름과 수량을 순서대로 표시했다. 그 또한 한 편의 시였다. 바위처럼 생긴 구름 사이로 비치는 태양이 그녀의 종이를 금빛으로 물들였고 그녀의 간소한 머리카락을 반짝이게 했다.

그렇게 그녀는 노동자들을 알아갔다. 부지런하고 온순하고 방앗간지기처럼 기회가 되면 남의 지갑 속 작은 물건에 손을 대는 사람들 말이다. 바늘을 훔치는 도둑들도 고해성사를 했는데 유감스럽지만 약간의 사기를 치기도 했다. 신부님을 속이려 들던 그 유명한 농민의 경우처럼 말이다. 그는 처음에 끈을 훔쳤다고 했는데 신부님이 캐물어 보니 그 끈에는 소가 매여져 있었음을 고백했다. 어찌 되었든 모두 선량한 사람들이었다. 순종적이고 앙큼한 계집아이들, 배은망덕하고 고독한 땅과 싸워야 하는 남자들, 그들은 또한 미사를 집전하는 신부의 배를 불려줄 곡식과 포도주를 훔치는 바람과 새들, 여우들과도 싸워야만 했다.

코지마는 그들을 관찰하고 연구했다. 그들의 언어와 미신, 저주와 기도를 배웠다. 관찰자의 시점에서 올리브 작업장 사람들의 생김새와 풍경을 지켜보았다. 그들이 들려주는 이야기와 술김에 부르는 노래를 새겨들었다. 산투스를 볼 때면 아픔과 부끄러움으로 고개를 들 수 없었다. 위대한 운명을 타고난 오라버니는 방앗간지기의 아이들에게 줄 놀잇감을 만들거나 부랑자들과 어울려 고양이 뼈에 붙은 살점을 뜯고 있다. 오직 자비만이 다른 사람의 악한 행위에 굴종하는 그의 영혼을 일으켜 세울 수 있었다. 신의 은총으로 모두가 평등해지는 날이 온다면 그 또한 날갯짓으로 세상의 높다란 문턱을 넘을 수 있으리라.

올리브 작업장의 손님들은 코지마가 장부를 기록하는 동안 자신들의 문제를 상담하기도 했다. 그녀에게 편지 또는 탄원서를 써달라고 부탁하기도 했다. 코지마는 그렇게 새로운 소설의 실마리를 얻었다. 실제로부터 길어 올린 이야기, 들통에 담긴 까만 올리브 반죽이 기름과 향유와 빛으로 바뀌는 것처럼. 그녀는 회색빛 제목을 붙였다. 깊은 곳에 불씨가 숨겨진 소설의 제목은 〈떨어진 나뭇가지〉였다.

이번에는 행운이 찾아왔다. 유명한 출판사에 소설을 보냈고 출판사 측에서는 저명한 작가가 쓴 서문과 함께 소설을 출간해주었다. 코지마의 존재는 문학계의 갑작스러운 주목을 받았고 신비에 가까운 후광으로 둘러싸였다. 멀리 떨어진 그녀와 그녀의 땅, 야생에 가까운 그녀의 생활에 대한 애매한 정보들 그러나 무엇보다 때 묻지 않은 동시에 활기찬 그녀의 이야기, 무례하고 원시적이지만 효과적인 그녀의 산문과 등장인물들의 명료함 덕분이었다.

순식간에 그녀는 유명 인사가 되었다. 신문과 잡지들이 그녀에게 소설을 의뢰했고 출판사에서는 돈을 보내왔다. 많은 돈은 아니었지만 창고에서 물건을 슬쩍하지 않아도 될 정도였고 금색의 작은 점들이 박힌 검은 실크 드레스와 뱀이나 새처럼 보이는 흑백 타조 깃털 목도리를 사기에도 충분했다.

어느 청명한 가을 아침, 그녀가 사준 가볍고 우아한 숄을 걸친 자매들과 함께 코지마는 주교가 집전하는 미사에 참석했다. 지역에서 가장 똑똑하고 개방적인 청년들이 오로지 여자들을 엿보기 위해 아름다운 성당의 복도 사이로 눈에 불을 켜고 늘어서 있었다. 여자들 또한 코지마를 등 뒤에서 힐끗힐끗 쳐다보았다. 그녀의 드레스와 기도서 위로 늘어진 별밤과도 같은 빛의 목도리에 매혹된 채.

코지마는 날아올랐다. 제비가 된 것 같았다. 울고 싶었다. 기쁨과 승리 그리고 깊은 고통으로부터 북받쳐 오르는 울음이었다. 촉촉한 눈을 들어 성당 천장 아래 높은 창문들을 바라보았다. 신기루처럼 바다에 가까운 하늘빛이었다. 올리브 작업장 창밖의 풍경을 생각했고 자신들이 범한 죄를 이야기하며 새로 짠 기름으로 범벅이 된 가난한 여자들을 생각했다. 영혼 깊은 곳으로부터 가벼운 현기증이 밀려왔다. 마치 어린 시절 할머니의 모습을 보며 모험과 동화로부터 대물림된 세상을 느꼈을 때처럼. 의식과 음악이 진행되는 동안 마법은 점점 커져만 갔다. 주교는 1800년대 프랑스 대문호들의 소설 속에 묘사된 고위 성직자들처럼 키가 크고 귀족적인 인물이었다. 빈약한 그의 목소리가 향을 피운 연기 속에 퍼져나갔다. 향수에 젖은 오르간의 웅장한 소리에 맞춰 합창단이 〈나부코〉를 노래했다. "내 마음이여 가거라, 금빛 날개를 타고서…" 빛, 소리, 색깔 그 모든 것이 환상의 세계 속에 들어온 코지마의 빛나는 환영을 키웠다.

코지마의 인생은 그때부터 동화처럼 바뀌었다. 신문들은 앞다투어 그녀의 기사를 실었다. 심지어 키가 크고 덩치 좋은 금발의 기자가 먼 도시로부터 그녀의 집까지 찾아왔다. 그의 방문은 이웃들을 발칵 뒤집어 놓았다. 그의 방문으로 코지마의 자만심은 하늘을 찔렀지만 커다란 수치심을 맛보기도 했다. 낡은 책장 속에는 책이 아닌 돌아가신 아버지의 장부가 들어있었고 땅바닥처럼 초라한 방안에서 그를 대접해야만 했다. 자매들은 커피 테이블 위에 낡은 레이스 덮개를 깔았고 그녀는 별이 새겨진 실크 드레스를 입고 있었다. 금발의 남자는 거의 놀라 자빠져 수줍은 작은 눈으로 주위를 두리번거렸고 그녀는 무슨 말을 해야 할지 몰랐다. 처음으로 하늘을 나는 어린 새를 기습하려는 들고양이 같았다. 다행히 그는 친절했다. 신문에는 "창백하고 작고 신경질적인 (신경질적이라고? 그 말의 뜻을 모르는 게 분명하지만 넘어가기로 하자) 자신의 고요한 둥지에서 단 한 번도 벗어난 적이 없는 연약한 창조물이 인간의 마음을 망연자실하도록 만들었다."라는 등등의 기사를 썼다. (오, 대도시에 사는 거대한 금발의 남자여, 그토록 혼잡한 세상에서 사는 당신의 경험으로는 코지마가 삶을 통해 터득한 것들을 절대 알 수 없으리라.) 인터뷰 내용은 입에 오르내렸고 반복되고 미화되었다. 코지마의 책도 팔려 나갔다. 마치 유행처럼 다른 기사에서 다뤄지기도 했다. 그녀는 늘 그렇듯 경험과 지혜에도 불구하고 환상에 빠져들기 시작했다. 금발 머리에 덩치 큰 남자와 결혼하지 말라는 법은 없잖아? 그에게 감사의 편지를 썼다. 그는 답장을 보냈고 그녀를 "작고도 큰 친구"라 불렀다. 그도 그녀에게 마음이 있는 것 같았다. 어느 날 편지를 훔쳐본 안드레아는 흡족해했다. 드디어 여동생에게 어울리는 상대가 나타났군. 코지마는 덫에 걸린 작은 독수리처럼 밭 주위를 산책했다. 덫에서 풀려나자마자 긴 여행을 떠날 것이다. 밭은 온통 꽃들로 만발했다. 장미, 백합, 패랭이꽃들이 성모 마리아의 달을 경축하는 제단의 향기처럼 퍼져 나갔다.

그녀에게도 영광의 날이 찾아왔다. 거만했던 안토니노가 마침내 그녀에게 편지를 보내온 것이다. 도시에서의 삶을 살기 위해 공부를 계속하고 있다는 내용과 코지마에게 보내는 축하와 칭찬, 그리고 산투스의 안부를 물었다. 그녀는 답장을 쓰지 않았고 인생의 추억들을 모아놓은 곳 한구석에 그의 편지를 간직했다. 이제 그녀에게는 다른 사람이 있다. 호랑이 같은 눈을 지닌 금발의 거인. 길고 모호한 내용의 편지들이 오간 끝에 그가 어느 날 이상한 편지를 보내왔다. 반갑잖은 이야기 중에는 그의 눈에 그녀가 난쟁이로 보인다는 말이 적혀 있었다.

코지마의 경험은 여기서 끝나지 않았다.

새로운 광채의 나날들이 찾아왔다. 두 통의 편지가 동시에 도착했다. 한 통은 아주 먼 독일 왕자의 성에서 보내온 것으로 왕관이 새겨진 은장으로 봉인된 편지였다. 코지마의 소설을 읽은 사람은 그의 비서인 듯했는데 아직 감상에서 헤어나지 못한 듯 "사랑합니다. 아가씨, 사랑합니다."라는 말로 편지를 끝맺었다. 비서라고 믿었던 이유는 그의 이름에서 풍기는 뉘앙스 때문이었다. 왜 그는 왕자가 아니란 말인가? 그녀는 감사의 답장을 보내려 했으나 그 또한 고양이 족속의 눈을 지닌 잔혹한 기자처럼 키가 큰 금발일 것이라는 생각이 들었다. 왕자 혹은 대공은 더 이상 그녀에게 편지를 보내지 않았다.

반면에 다른 한 통의 편지는 답장을 썼다. 편지를 보낸 이는 다른 부류의 왕자였다. 스물두 살의 젊은이로 상당한 부자임이 분명했다. 탐험이 제대로 이루어지지 않은 아메리카 대륙으로 자신의 배를 타고 떠난다고 했다. 자신이 처음으로 정착한 지역에 그녀의 이름을 붙이고 싶으니 허락해 달라는 내용이었다. 그리고는 대상을 이끌기 위해 들를 남아메리카 끝에 있는 도시의 주소를 알려 주었다. 아, 그래. 코지마는 격려의 내용을 담아 답장을 썼다. 환상의 끈을 놓지 말라고 여행을 수호하는 천사처럼 기사의 모험을 축복했다. 십자군 전쟁 시대에 사는 것 같았다. 그녀의 이름을 마음에 아로새긴 그는 이교도들과 야만인들, 독사들과 처녀림과 살인 식물들과 싸우기 위해 그곳으로 떠나는 것이다.

코지마의 인생에서 가장 아름다운 날들이었다. 산에서 보낸 날들보다, 안토니노와 같은 공기를 호흡하는 것보다 더 아름다웠다. 저녁 무렵 검푸른 바다 위로 뜬 달 아래 지평선의 붉은 구름 위를 말을 타고 달리는 살아있는 꿈이자 서사시 같은 모험이었다.

모든 게 찬란하고 위대했다. 코지마의 앞집에 살던 음침한 중세 분위기의 주교가 세상을 떠났고 주교의 조카딸은 나이 많은 남자와 결혼했다. 초로에 접어든 남자는 혈색이 좋았고 코르크나무 껍질 장사에도 수완이 있었다. 그는 이름난 사냥꾼이기도 했는데 대규모 사냥 경기를 벌이기 위해 종종 친구들을 불러들였다. 전쟁에 나가는 용사들처럼 고조된 분위기에 놀란 말들은 발굽으로 땅을 쳐 댔다. 머리부터 발끝까지 무장한 기사 중에는 체구가 왜소한 이들도 있었고 꼿꼿한 이들도 있었으며 수염을 기르고 뚱뚱한 노인들도 있었는데 자칫 말에서 떨어질 것만 같았다. 신념

코지마

으로 똘똘 뭉친 그들의 얼굴은 수탈을 일삼는 고대의 약탈자들처럼 보였다. 무리가 모두 모이기를 기다리는 동안 말들의 다리 밑에서는 개들이 서로 마주쳤다. 포효와 울부짖음이 오가는 격렬한 논쟁이 벌어졌다. 튼튼한 허벅지와 잔인하게 빛나는 냉소적인 녹색 눈을 지닌 붉은 얼굴의 사냥꾼이 활짝 열린 문을 나서자마자 맹렬하게 돌진하는 그의 뒤로 적의 영토를 정복하러 가는 유목민들처럼 말을 몰며 무리가 미끄러져 나갔다. 길이 텅 빌 때까지 말발굽 소리는 오래도록 울려 퍼졌다. 경적을 울리며 멀리 떠나는 기차와도 같은 메아리 소리는 구경을 마친 코지마가 창문에서 물러날 때까지도 남아있었다. 그녀는 야생에서 사냥하는 자신의 모험가를 떠올렸고 아마존의 열정과 대담한 모험을 즐기는 영웅심에 사로잡혔다. 그러나 현실의 늪을 박차고 오르길 원하는 그녀 앞에 놓인 건 침대 정리와 방 청소, 그리고 집배원을 기다리는 일뿐이었다.

집배원은 무례한 사람이었는데 그 역시도 피부와 털이 붉은색이었다. 커다란 신발을 신고 동네방네 문을 두드리며 큰 소리로 외쳤다. "편지요, 편지." 메아리 소리가 모두를 깨웠고 개들마저 짖어댔다. 불길한 공기가 감돌았다. 코지마에게 좋은 소식과 나쁜 소식을 동시에 전해 주는 그는 거의 신화적인 인물이었다. 먼 곳에서 그의 목소리가 들려올 때면 그녀를 향한 운명이 걸어오고 있다는 생각에 부르르 떨렸다. 영광과 사랑, 수치와 희망의 편지들을 가져온 건 그였다. 특급임에도 영원히 도착하지 않을 것만 같던 우편환과 그녀의 이름이 실린 신문들을 가져온 것도 그였다. 지금 그녀는 현실의 경계선 너머 멀고 신비로운 세상으로부터 올 소식을 기다리고 있다. 그가 발견한 새로운 세상에 그녀의 이름을 붙여줄 탐험가의 편지를. 하지만 집배원은 가방을 들고 그녀의 집을 지나쳐 간다. 사냥꾼의 가방 같은 가죽끈이 쓸리며 독특한 소리를 낸다. 코르크 상인의 문을 세차게 두드리더니 가방에서 편지와 신문 한 무더기를 꺼낸다. 그녀의 것은 아무것도 없다. 점점 멀어져가는 그의 심술궂은 목소리가 그녀를 조롱하는 것처럼 잔인하게 들린다.

좋은 시절은 그렇게 지나갔다. 그녀는 더 이상 안토니노를 마음에 두지 않았다. 글쓰기 외에는 아무도 신경 쓰지 않았다. 결코 쓸 수 없는 가장 아름다운 소설을 쓰겠노라는 꿈결 같은 빛이 그녀의 마음을 밝혀 주었다.

늘 그렇듯 10월은 포도를 수확하는 계절이었다. 예전과 달리 이번에는 어머니가 안드레아의 동의를 얻어 포도밭에 지은 작은 돌집 한 채가 있었다. 소나무 아래 돌집은 드넓게 펼쳐진 황무지를 홀로 지켰고 어머니는 몇 주 동안 그곳에 머물고 싶다고 선언했다.

초록색과 노란색이 감도는 포도밭이 활기를 더했고 키가 작고 촘촘한 무화과나무들이 줄지어 서 있었다. 감미롭고도 애잔한 고독이 깃든 지역이었다. 멀리 보이는 산들은 지평선 주위로 높다란 하늘색 담을 만들었다. 코지마의 아버지가 살아계실 적부터 있던 소작농이 그곳에서 농사를 짓고 있었다. 포도나무를 심고 넓은 채소밭을 만들었다. 농작물을 키우기 위해 호수만큼이나 많은 물을 저장해 놓은 거대한 물통은 갈대와 사탕수수, 버드나무로 둘러싸여 있었다. 아름다운 곳이었다. 한여름의 집요한 태양이 내리쬐는 온통 돌들로 이루어진 황무지 속에 펼쳐진 오아시스 같았다. 돌집이 지어진 지금 풍경은 더욱 그림 같고 안락했다. 돌집에는 두 개의 방이 있었는데 고독한 소작농이 사는 또 하나의 작은 방과 맞닿아 있었다. 그는 한 번도 지역을 벗어난 적이 없었고 안드레아가 가져다주는 빵과 먹을거리로 연명했다. 집에 돌아오는 길에 안드레아는 채소들을 가져왔다. 감자, 콩, 배추, 호박, 상추, 그리고 이따금 멜론과 수박도 있었다. 포도의 계절이 되면 늘 포도주를 들고 왔다. 가볍지만 맛이 진한 포도주, 코지마가 우표를 사서 원고를 보낼 수 있도록 도와주었던 포도주를.

산에 갈 때 썼던 마차가 가구들을 실어 날랐고 코지마는 어머니와의 동행을 자처했다. 다른 자매들은 그처럼 버려진 곳에 대해 말을 꺼내는 것조차 싫어했으며 충실한 하녀의 비호 아래 집에 남기를 선호했다.

마차를 부리는 하인이 포도밭에 남기로 했고 여자들의 안전을 위해 안드레아도 그곳에서 하룻밤을 묵기로 했다. 어쨌든 조용한 지역이었다. 안 좋은 일이 벌어졌다는 이야기는 들어본 적이 없었다. 드넓게 펼쳐진 텅 빈 황무지는 나쁜 사람이 다가오면 훤히 보일 지경이었다. 소작농 또한 무기나 개를 소유하지 않았다. 말을 타고 시청의 큰 도로를 순찰하는 특수 경찰들이 매일 지나쳐 가는 길이기도 했다.

코지마와 어머니는 마을의 마지막 집을 지나 길고 넓은 길을 따라 걸어갔다. 청명하고 따뜻한 날이었다. 한차례 내린 소나기가 코지마 일행의 갈증을 풀어주었고 녹색으로 변한 포도밭 주위에 누워 있던 메마른 덤불과 풀들을 적셔 주었다. 금작화와 키 작은 탁총나무 몇 그루에는 아직도 꽃이 피어 있었다. 축축한 대지 위로 섬세한 문양이 새겨진 은빛 우산이 펼쳐져 있었다. 석회 냄새가 채 가시지 않은 집 위편 소나무에서 새들의 노랫소리가 울려 퍼졌다. 온갖 종류의 새들이 있었고 특히 참새들이 많았다. 소나무는 새들의 유일한 안식처였고 요란한 합주 소리가 전쟁터의 아우성처럼 귓가에 울려 퍼졌다. 독창적인 소작농이 만든 허수아비가 있었지만 새들은 힘을 합쳐 포도밭에서 무화과를 파먹고 포도를 물어뜯었다. 소작농의 외모 또한 허수아비 같은 인상을 풍겼다. 키가 크고 삐쩍 마른 그는 마디가 굵은 맨발로 허우적거리며 걸어 다녔다. 닳아 빠진 면양말이 붉은 발목 위로 흘러내렸고 소매 또한 팔 위로 흘러내리긴 마찬가지였다. 꽉 움켜쥔 거대한 주먹은 곤봉처럼 보였다. 그의 모습은 농민이라기보다 바다의 늑대라 불리는 늙은 뱃사람에 가까웠다. 테라코타처럼 볕에 탄 얼굴, 바람에 헝클어진 듯한 부스스한 소금빛 머리카락, 무엇보다 녹색의 동공이 겨우 보이는 작고 찢어진 두 눈이 그를 뱃사람처럼 보이게 했다.

주인들이 도착하자 그는 하인을 도와 마차에서 짐을 내렸다. 질문에 대답하지 않았고 다른 사람의 농담에 맞장구치지도 않았다. 귀머거리, 아니 벙어리 같았다. 고개 숙인 인사가 다였고 보이지 않을 정도로 길고 오목한 입을 여는 법이 없었다.

반면에 하인은 수다쟁이였다. 눈과 이빨이 갈색인 그는 이따금 벨트를 고쳐 매며 아무것도 아닌 일에도 웃음을 터뜨렸다. 아가씨들이 좋아할 만한 그의 존재로 인해 분위기는 한층 밝아졌다. 그와 비슷한 유형의 사람들은 꽤 많았다. 순수한 농민, 대지의 아들, 반면에 소작농은 이름에서도 알 수 있듯 늙은 주인에게 바쳐진 처지였다. 그는 자신을 이방인 내지는 기원을 알 수 없는 신비로운 먼 땅의 일꾼이라 여겼다. 사실 아무도 그가 어디 출신인지 알지 못했다. 한때 경찰의 감시를 받던 그는 안토니오 씨에게 고용되어 고독한 포도밭으로 유배당했다. 아무도 더 이상 그를 돌보지 않았다. 엘리아의 까마귀처럼 그에게 빵을 가져다주는 안드레아조차도. 실은 그의 이름 또한 엘리아였다.

침대와 테이블, 의자들과 옷걸이로 두 개의 방을 꾸미고 주방에

조리도구를 비치한 뒤 두 남자는 포도가 잘 익도록 포도나무 잎을 자르는 일을 하러 나갔다. 젊은 하인은 노래를 부르기 시작했는데 그의 목소리가 광활하고 텅 빈 교회에서처럼 울려 퍼졌다.

코지마는 산 위에서 그랬듯 어머니를 기쁘게 해 주기 위해 그녀가 저택이라 부르는 집 안을 정리하고 꾸미기 시작했다. 어머니는 웃지 않았다. 늘 그렇듯 말이 없었고 자신만의 비밀스러운 근심에 싸여 있었다. 그녀의 눈에는 그러나 미미한 광채가 돌았고 부엌과 식당으로 쓰이는 첫 번째 방에 놓인 난로에서 간단한 음식을 준비하느라 분주했다. 소작농의 방에 있는 더 좋은 난로를 사용할 수도 있지만 주인은 그의 특권을 존중했다. 포도밭 지기로 일하게 된 이곳에서 소작농은 누더기들을 걸어 두고 비를 피할 자신만의 피난처를 만들어냈다.

야만스러운 냄새 탓에 코지마는 그의 방 안을 들여다보기조차 싫었다. 늙은 소작농이 그녀의 호기심을 끈 건 사실이었다. 불투명한 과거사와 겉모습에서 보여지듯 그는 관찰자의 관심을 끌 만한 보기 드문 유형이었다. 그와 친분을 맺으면 흥미로운 이야기를 들을 수도 있을 것 같았다. 종이 위에 예술 작품으로 승화될 다른 세상의 이야기.

집 정리를 마친 그녀는 두 남자가 일하고 있는 포도밭으로 갔다. 마을에서 데려온 하인이 주절대며 이야기하는 동안 소작농은 아무런 반응이 없었고 침묵으로 일관했다.

코지마

"제발 그러길 바랍니다." 젊은이가 말했다. "당신 기분이 한 주 사이에 좀 좋아지기를요. 포도 수확을 도우러 아가씨들이 올 거니까요. 제 사촌들 둘이 올 거고 어쨌든 그 애들은 털끝 하나라도 건드리면 안 됩니다. 멀리서 쳐다만 봐요. 주인님이 당신 마음에 드는 아가씨들을 데려올 겁니다. 그중 하나를 점찍어 봐요. 늙은 멧돼지."

늙은 멧돼지에게는 그의 말이 들리지 않는 것 같았다. 다만 유배당한 남자와 관계를 맺었다던 늙은 과부 이야기를 꺼내자 눈이 살짝 커졌다. 손에 쥐고 있던 포도잎 다발이 흔들렸다. 하지만 입은 열지 않았고 둘 사이에서 조용히 이야기를 엿듣고 있던 코지마를 돌아보지도 않았다. 첫째 날에 그녀는 도움이 될만한 다른 이야기를 듣게 되었다. 두 남자는 예외적으로 여주인이 준비해준 음식을 먹었고 여주인은 과묵한 늙은이에게 말을 걸기 시작했다. 채소밭과 포도밭에 대한 어머니의 물음에도 그는 예 또는 아니오로만 대답했다. 여주인 앞에 서면 몸을 숙이며 지나칠 정도로 예의를 갖췄다. 다른 건 없었다.

"멍청이랍니다." 그가 없을 때 하인이 말했다. "나쁜 놈이죠. 오래전부터 알고들 있어요." 그는 포도밭으로 그를 찾아왔던 과부와 오래전 그의 과거에 관한 이야기를 들려줬다. 자신이 일하던 땅의 주인이었던 돈이 아주 많은 친척을 등쳐먹었다고 했다. 친척이 그를 고소했고 엘리아는 형을 선고받았다. 그때부터 하인의 목소리

톤이 바뀌기 시작했다. 부유한 친척은 은행원이 되었는데 아니, 은행을 열었는데 한 무리의 도둑이 경비원을 마취시키고 은행을 털었다고 했다. "그 나쁜 놈들 중에 엘리아도 있었다니까요."

"그 얘기가 진짜라면 죽은 남편이 일을 맡기지 않았을 텐데."

"오, 안토니오 씨는 좋은 분이셨답니다. 세상에 둘도 없는 성인 군자였습죠." 하인이 말했다.

오후가 되자 안드레아가 말을 타고 찾아왔다. 다른 물건들과 함께 신문과 코지마에게 온 편지 한 통을 들고 왔다. 편지라니! 그녀는 늘 그렇듯 손을 떨며 편지를 받아 들었다. 매번 날아가는 새를 잡는 느낌이었다. 행운과 행복을 물어다 주는 새. 하지만 편지의 내용은 작은 신문에 실을 그녀의 글을 보내달라는 시시한 요청이었다. 새를 날려 보내듯 그녀는 편지를 날려 보냈다. 아무런 도움도 되지 않는 편지였다.

어쨌든 하루의 끝은 잘 마무리되었다. 석양이 포도밭을 붉게 물들였고 포도주 통과 버드나무가 빛에 반짝였다. 눈 앞에 펼쳐진 평지에 고요하고 애잔한 거대한 초원의 시가 깃들었다. 코지마가 러시아의 어떤 이야기를 읽으며 느꼈던 것과 같았다. 풍경 한가운데에는 소나무가 있었다. 가장 아름다운 존재였다. 태양의 불꽃 아래 어른거리는 고독한 소나무는 거대한 자줏빛 새가 지어 놓은 둥지 같았다. 코지마는 황무지 사이로 난 오솔길을 걸었다. 원하는 만큼 걷고 싶었으나 포도밭이 보일 정도로 길을 잃지 않을 만큼만 걸어갔다. 풀들은 분홍빛 옷을 입었고 꽃과 씨앗과 열매들은 금빛 눈을 뜨고 그녀의 시선에 화답했다. 물빛을 띤 먼 산들은 주황과 초록, 빨간색으로 점차 색이 바뀌며 하늘 속으로 증발했다. 덤불 사이에서 기어 나온 무당벌레 한 마리가 덤불 높이 오르려는 듯 코지마의 옷 위에 앉았다. 그녀의 팔을 통과하더니 아무렇지 않게 그녀의 손까지 왔다. 놀랍고도 두려운 존재였다. 판판한 몸통 위에 물감을 칠한 것처럼 선명한 빨갛고 검은 무늬가 새겨져 있었다. 완벽한 인간의 얼굴이었다. 두 개의 눈과 코, 입술이 일본 가면처럼 삐뚤삐뚤했다. 그녀가 바라보는 신비에 찬 경이로운 시선으로 그 눈은 코지마를 바라보는 것 같았다. 중지 끝을 지나 황혼에 물든 손톱까지 다다른 무당벌레는 무지갯빛 날개를 펴고 멀리 날아가 버렸다. 무당벌레를 흉내 내고 싶었지만 코지마의 두 발은 땅 위에 있었다. 그만큼 멀리 날아가려면 세상 끝까지 걸어가야만 할 것이다. 해가 사라지자 모든 게 코지마를 유혹했고 그녀는 어린아이 같은 놀라움에 사로잡혔다. 하늘은 바다처럼 투명했고 지평선 위로 나타난 별들은 바다에 반사된 것처럼 아른거렸다.

숲의 끝자락이나 산속 바위틈 사이로 황혼의 장관을 내려다보았을 적에도 코지마는 이토록 매혹되지 않았다. 미지의 땅 한가운데를 감싸는 오직 신만이 볼 수 있는 광경이었다. 스스로가 작다고 느껴지지 않았다. 날 수 없음에도 저녁의 별들이 이마에 와

닿을 정도로 크게 느껴졌다. 순간 그녀는 야망과 허망한 꿈들과 특별한 일들이 벌어지리라는 기대와 그 모든 것들을 잊어버렸다. 인생은 그토록 아름다웠다. 스스로 태어난 미미한 존재들, 어머니와 아들의 마음을 담아 신께서 자신의 형상대로 창조한 존재들 사이에서. 코지마에게 주어진 최초의 계시였다. 그토록 아무것도 아닌 것들을 통해 그녀는 자신의 인생이 아주 높은 야곱의 사다리 위에 있음을 느꼈다. 단지 산 위에 빛나는 저녁별을 보았을 뿐 더도 덜도 아니었다. 그녀가 지나갈 때면 향기를 내뿜는 야생 풀들이나 무당벌레보다 신비로운 것도 아니었다. 사람들로 떠들썩한 세상으로부터 오는 무언가를 더 이상 기다리지 않겠노라고 그녀는 결심했다. 모든 게 자신으로부터 내면의 삶으로부터 오게 되리라.

그렇게 그녀는 모험가의 소식을 기다리는 일을 멈췄고 어쨌든 그 또한 더 이상 편지를 쓰지 않았다.

그리고 또 하나의 비슷한 일이 그녀에게 일어났다. 그때까지 일어난 모든 일을 뛰어넘는 일이었다. 적어도 코지마는 그렇게 느꼈지만 특별한 일이 아니었는지도 모른다. 포도밭에 온 지 사흘이 지났다. 사흘 내내 맑고 청명한 날들이었다. 침실에 놓인 작은 책상에서 그녀는 글을 쓰기 시작했다. 작은 창문 앞에서 벌들이 윙윙거렸지만 집 안에 들어오지는 않았다. 엘리아에게 기대를 걸었던 건 부질없는 짓이었다. 그는 기계 같은 사람이었다. 일하느라 몸을 구부리고 일으킬 뿐 얼굴의 근육은 미동조차 없었다. 입속의 혀도 마찬가지라고 하인은 말했는데 그는 늘 문장과 속담, 노래와 우둔함이 섞인 두 사람 몫 이상의 수다를 떨었고 코지마는 그에게도 흥미를 느끼지 못했다.

엘리아가 눈치채지 못하게 관찰한 결과에 따르면 그의 손만이 이상할 정도로 예민했다. 검고 굵은 그의 손마디는 털로 뒤덮여 있었지만 커다란 덩치에 비해서는 작은 손이었다. 어떤 경우에는 갈퀴처럼 할퀴었고 다른 경우에는 나사가 풀린 것처럼 부드럽게 움직였다. 자신에게 주어진 일 또는 해야 할 필요가 있는 일이라면 무엇이든 두 손으로 해낼 수 있었다. 스스로 옷을 꿰맸고 빨래를 했고 신발과 안경과 연장들을 만들었다. 토마토 병조림을 준비했고 무화과를 말렸고 갈대 바구니와 화병과 프라이팬을 만들었다. 땜질과 목공도 할 줄 알았다. 그의 작은 방은 고고학 박물관 같았다. 황무지에서 찾아낸 돌들도 있었는데 거북이와 소라, 화석 뼈처럼 보였다. 여주인의 질문에 그는 예 또는 아니오로만 대답했고 그녀 또한 금고의 보석처럼 조심스럽게 의심과 불신이 담긴 말들을 꺼냈다.

셋째 날 저녁, 일상적인 산책에서 돌아온 코지마는 과묵한 두 사람이 이야기를 나누는 걸 들었다. 이상할 건 없었다. 둘은 첫 번째 방 안에 있었고 어머니는 난로에서 음식을 준비하고 있었다.

문이 열려 있었고 코지마가 밖에 서서 듣고 있다는 사실을 눈치채지 못했다. 대화 내용은 간략했지만 두 사람의 목소리에는 친밀함이 깃들어 있었다. 불만스러운 여주인의 목소리를 위로하는 그의 다정한 어투가 코지마를 놀라게 했다. 어머니가 그런 말투를 쓰는 건 한 번도 들어본 적이 없었다. 그녀는 찡얼대며 말했다.

"오늘 저녁은 안드레아가 너무 늦네. 아무 일도 없어야 할 텐데. 늘 무섭단 말이야. 그리고 염소처럼 늘 싸돌아다니는 그 경솔한 아이도."

"무서워하지 마세요." 남자가 대답했다. 코지마가 지금까지 들어본 적 없는 노래처럼 굵고 부드러운 음성이었다. "이폴리토가 불을 피우려고 나뭇가지를 주우러 갔다가 길을 잃었다는데. 이 근방에서. 누가 내 딸을 노리기라도 하면 어쩌지? 어쨌든 점잖은 아이니까 사랑하는 사람과 약속 같은 건 하지 않았겠지만."

"아니야, 모를 일이지." 어머니가 말을 계속했다. 코지마는 그 시점에서 양심에 손을 얹었고 가책을 느꼈다. "여자애들은 죄다 경솔하니까. 특히나 그 아이의 머릿속에는 정확한 생각이 있어. 그 많은 글씨들과 나쁜 책들과 그 애가 받는 편지들 말이야. 심지어 여우처럼 빨갛고 덩치가 산만 한 남자가 그 애를 찾아왔지 뭐야? 그 아이에 대해 신문에 쓰려고 멀리서 찾아왔다나? 사람들은 수군거렸지. 코지마는 절대 기독교인 남자와 결혼하지 못할 거라고. 다른 자매들한테도 영향이 있을 거야. 그래서 모든 가족이 첫

딸의 혼사를 잘 치르려고 하는 거겠지. 정말이지…" 더욱 찡얼대는 말투로 그녀는 덧붙였다. "하긴 형제들도 있긴 하지. 큰 도움이 되지는 않지만. 아, 엘리아. 당신도 잘 알다시피."

엘리아는 그 사실을 잘 알고 있었지만 안드레아에 대해 열정적인 친밀함과 눈먼 신뢰를 지니고 있었다. 말을 잇는 그의 목소리는 거의 우는 것처럼 떨렸다.

"아닙니다. 주인님, 안드레아 도련님에 대해 나쁘게 말하지 마세요. 좋은 분입니다. 제가 말할 수 있어요. 안토니오 주인님께서 그랬던 것처럼요. 단지 지나치게 너그럽고 나쁜 사람들과도 친분을 맺을 뿐입니다. 그래도 재산을 관리하고 여동생들을 끔찍이 아끼잖아요."

"재산을 관리한다고? 그래. 하지만 유산을 다 제 주머니 속에 넣었는걸. 노름을 하고 나쁜 여자들과 어울려 다니지. 너그러움? 가족에 대한 사랑? 안드레아가 우리한테 주는 걸로는 하인들에게 일값을 쳐주고 세금을 내면 그만이야. 어느 날 세금 징수원이 집에 찾아와 재산을 압류할까 봐 도통 잠을 이룰 수가 없어. 그 사람이 꿈에 나타나면 악마처럼 무서워. 오, 오, 엘리아. 이 모든 게 내자식들이 하느님의 길을 벗어났기 때문이지."

"너무 그렇게 말하지 마세요. 주인님. 그보다 더한 자식들도 있답니다. 모든 가족은 그들만의 십자가를 지고 있어요. 안드레아 도련님은 어쨌든 유산을 관리하고 이익을 내잖아요. 대리인으로

서 제일 큰 몫을 가져가지만 말이에요. 나중에라도 공평하게 처신할 겁니다."

"아니. 엘리아, 그건 바라지도 않아. 어쨌든 할 수 있는 게 없잖아? 우리는 혼자 있는 가련한 여자들이고 산투스라는 엄청난 고통을 짊어지고 있으니 안드레아에게 기대는 수밖에. 내가 몇 번이나 자식들 각자의 몫대로 재산을 나눌 생각을 한 줄 알아? 하지만 최악일 거야. 불쌍한 산투스는 몇 달 안에 나락으로 떨어질 테고 당신의 안드레아 도련님은 노름으로 제 몫을 날릴 테지. 다른 방법이 없어. 견디는 수밖에는. 난 자식들을 정말 아끼는데, 너무나 아끼는데. 불쌍한 아이일수록 더 사랑하고 동정하는데 말이야. 그리고 코지마! 그 아이야말로 내 근심거리야."

"제일 크게 효도하는 아이가 될 겁니다. 그렇게 될 겁니다."

프라이팬 속 감자를 천천히 뒤적이는 어머니의 얼굴은 발그스레했고 좋은 냄새가 났다. 그녀는 계속 한숨을 내쉬었다.

"그게 아니라, 엘리아, 난 효도 같은 건 바라지 않아. 내 앞길은 끝났어. 자식들이 잘되는 것 빼고 나에게 남은 건 없다고. 하지만 그 아이들이 제 부모들이 그랬던 것처럼 올바른 길을 가지 않는다면 그건 순전히 내 잘못이야. 난 힘도 바라는 것도 없는 여자라는 걸 아이들이 이해해줘야 해. 오늘 저녁 엘리아 당신에게 이런 말을 하는 건 당신만이 내 사정을 알아주기 때문이야."

"오, 주인님." 그는 감탄했다. 놀라움과 감사함이 가득한 진정한 공감으로 그의 목소리가 떨려왔다. 아마 오래전부터 그에게 그렇게 말한 사람은 없었을 것이다. 여주인이 말하고자 했던 건 그 또한 죄를 짓고 고통을 당했으나 바른길로 돌아왔다는 것이었다. 그는 덧붙였다. "주님의 길은 여러 갈래지만 그를 믿는 선한 자들에게 늘 도움을 베푸시죠."

"당신은 신을 믿는군. 난 말이야, 가끔은 더 이상 신을 믿지 않아."

"모르겠어요. 저 또한 이십 년 동안 미사에 참석하지 않았습니다. 모르겠어요. 모르겠습니다. 하지만 이제 선하고 인내하는 자들은 늘 좋은 것으로 돌려받는다는 사실을 압니다. 그러니 주인님, 용기를 내세요."

순간 정적이 흘렀다. 불꽃 위에 놓인 프라이팬에서 기름에 잠긴 감자가 튀는 소리만이 들렸다. 고독한 작은 방에서 겸허하고 체념적인 사람들의 냄새가 흘러나왔다. 소나무는 바스락거리고 지저귀며 알 수 없는 비탄에 잠겨 몸을 떨었다. 큰 길가에서 말들의 발소리가 들려왔다. 안드레아였다. 코지마는 벽에 기대어 울고 싶어졌다. 그 순간 자신의 모든 꿈을 팽개치고 어머니를 위로하고 싶은 마음뿐이었다. 적어도 지역의 훌륭한 젊은이를 남편으로 만나 결혼하는 희망만큼은 주어야 한다는 생각이 들었다. 그녀가 아는 모든 땅 주인들과 전문직 종사자들, 월급쟁이들에게 생각이 미쳤다. 그러나 그들 모두가 책에 대한 열정 때문에 그녀는 좋은 아내가 될 수 없다는 편견에 사로잡혀 있었다. 코지마 또한 누구로부터도 더 이상 수치를 당하고 싶지 않았다. 떠나야겠다는 생각이 든 건 그 순간이었다. 소도시에서 벗어나 행운을 찾아 나설 것이다. 어머니를 위로하기 위해서.

벌들이 윙윙거리는 작은 창문 앞에서 코지마는 글쓰기를 계속했다. 하지만 한편으로는 어머니의 이야기 때문에 다른 한편으로는 이야기의 주제를 찾지 못해 집중할 수 없었다. 불확실한 드라마와 가책과 비애가 내면에서 꿈틀거리는 걸 느꼈지만 삶은 단조로운 무채색이었다. 산전수전을 다 겪고 이미 늙어버린 것 같았다. 손가락 사이로 시들어 버린 희망의 꽃잎이 흩날리고 있었다. 그녀의 삶의 자리를 지배하는 고독과 가난 때문이리라. 다른 이들의 삶의 모습들도 그녀에게 절망을 안겨 주었다. 고통과 비애로 가득한 사람들의 비천함은 올리브 작업장의 검은 바퀴와도 같았다. 포도밭에서 엘리아의 이야기를 더 이상 듣고 싶지도 않았다. 목가적인 색채의 이야기들은 이미 소설 속에 썼던 터였다.

곧이어 작은 사건 하나가 벌어졌다. 포도를 수확하는 일을 돕는 여자들이 도착했고 하인 이폴리토의 지휘 아래 일을 시작했다. 포도를 따서는 손잡이가 두 겹으로 된 아기 요람 같은 바구니에 넣고 둘이서 날라 멍석을 깔아놓은 수레 안으로 포도송이들을 쏟아붓는다. 가득 찬 수레는 도시로 보내져 포도주로 만들어질 것이다. 그중 한 여자가 아이를 데리고 왔는데 포도를 따느라 한눈을 파는 사이에 아이가 사라져 버렸다. 울음과 외침 소리가 들렸고 모두가 큰 소리로 아이의 이름을 부르며 사방으로 달려 나갔다. 엘리아만 입을 열지 않고서 성큼성큼 물통 앞으로 가더니 옷을 입은 채 안으로 뛰어들었다. 부들부들 떠는 아이를 꺼내서는 젖은 빨래처럼 물기를 탈탈 털었다.

두려움이 지나갔다. 밤이 되자 노인은 오한에 떨며 열이 오르기 시작했다. 평소보다 딱딱하게 몸이 굳었다. 새벽이 되자 그러나 그는 이미 포도밭에 나와 있었다. 수확을 마친 여자들은 집으로 돌아갔고 여주인 또한 포도즙 짜는 일을 감독하기 위해 집으로 돌아가고 싶어 했다. 엘리아가 돌연 자신의 침대에 시체처럼 쓰러지지만 않았어도 그녀는 돌아갔을 것이다. 그를 두고 갈 수는 없었다. 의사를 데려오려 했고 더 나빠지면 그를 마을까지 데려갈 생각도 했다. 그 말을 들은 엘리아는 조금 나아진 것처럼 보였다. 침대에 누워 있는 그를 위해 코지마는 커피를 갖다주고 방을 정돈해 주었다. 짜증이 아닌 동정의 눈빛으로 그를 바라보았다. 그의 기다란 몸은 거렁뱅이처럼 악취가 진동하는 넝마로 덮여 있었다. 땅을 빼닮은 맨발은 덤불과 가시에 찔린 상처들로 가득했다. 이 작은 은신처까지 끝없는 황무지를 걸어서 지나온 것 같았다. 그는 눈을 감고 있었고 이따금 눈을 떴다. 미세한 열기와 빛이 깃든 눈빛으로 그녀를 쳐다보았다. 병든 개 같았다. 그와 마주친 시선에서 코지마는 신비로운 섬광을 보았다. 그의 동공 깊은 곳에 차갑고 과묵한 엘리아가 아닌 죽음과 무관심을 두려워하는 늙은 개처럼 절망에 찬 남자가 숨겨져 있었다. 코지마가 그의 곁에 다가가 말했다.

"좀 어떠세요? 의사 선생님을 모셔 오든지 당신을 집으로 모셔 갈 거에요."

그는 아니, 아니라고 고개를 저었다. 그는 혼자 앓으며 의사를 원하지도 자신의 둥지를 떠나려 하지도 않았다. 어린아이의 미소 같은 부드러움으로 그의 눈빛이 흐릿해졌다.

"가세요. 가시라고요." 그가 말했다. "아가씨와 주인님은 가서 집안일을 돌보셔야 해요. 포도즙을 짜서 통에 담으셔야죠."

"그야 뭐 우리 발로 밟는 것도 아닌데요." 코지마가 농담 삼아 말했다. "안드레아도 있잖아요. 마음 쓰지 마세요." 그 말을 하자 날씨가 바뀌었다. 비가 쏟아지려 하고 있었다. "당신을 두고 가지 않을 거에요, 엘리아 삼촌."

코지마는 나이 많은 하인들을 부를 때 쓰는 호칭대로 그를 삼촌이라 불렀다. 한 땅에서 태어난 것처럼 하나의 전생을 타고난 것처럼 엘리아는 처음으로 타인과의 유대감을 느꼈다. 하지만 그는 말이 없었다. 감사의 표현도 없었다. 걱정스러운 질문에도 머리를 내저으며 '아니오'만을 반복해 주인들을 화나게 만들었다. 아니오. 의사를 원하지도 움직이려 하지도 않았고 아무도 그를 방

코지마

해하길 원치 않았다. 늙은 고집불통 같은 그는 홀로 살아왔듯 홀로 죽으려 했다. 여주인들은 안드레아가 약초로 만든 시럽을 가지고 올 때까지 그곳에 머물렀다. 시럽을 먹여야 할지 말아야 할지 논쟁이 벌어졌고 엘리아가 어떤 약도 먹지 않겠다고 하자 일단락되었다.

밤새 강풍이 몰아쳤다. 작은 집 위로 우박이 빗발쳤다. 소나무가 괴물처럼 소리를 질러댔다. 허술하게 끼워진 유리창 뒤로 금빛과 자수정 빛 파편들이 무시무시하게 부서지며 사방으로 흩어졌다. 천둥과 번개였다. 코지마는 말할 것도 없고 어머니도 바람에 부서진 사시나무처럼 떨고 있었다. 악마와도 같은 태풍이 몰아치는 밤에 산적과 강도들이 외딴집을 습격한다는 이야기가 생각났다. 안드레아와 하인이 집에 있었지만 두려움을 떨칠 수 없었다. 평지에서 부는 바람이 바다처럼 소리치고 울부짖었다. 오직 소나무만이 한 무리의 군대와 싸우는 영웅처럼 사나운 폭풍과 맞설 수 있을 것 같았다. 침상에서 고열에 시달리며 엘리아는 안토니오 씨를 회상했다. 지역의 다른 지주들 모두가 일자리를 찾고 있던 그를 거부했을 적에 오직 안토니오 씨만 자비를 베풀었노라고 했다. 주인은 새로운 포도밭과 채소밭 그리고 주변의 땅을 그에게 맡겼다. 노인이 된 그는 이제 고집스러운 열정으로 일군 그 땅을 사랑한다. 땅은 그에게 새로운 조국이자 가족이 되어 주었다. 그의 유일한 근심은 젊고 새로운 주인들이 더 이상 일할 수 없게 된 그를 늙은 짐승처럼 땅에서 몰아내는 것이다. 그는 슬픔에 복받쳤다. 다가올 궁핍 때문이 아니라 어느새 피와 살의 일부가 되어버린 땅에 대한 사랑 때문이었다.

어머니와 코지마, 안드레아 모두가 그를 보살폈고 폭풍이 몰아치는 밤, 안락한 집으로 돌아갈 수 있었음에도 그의 곁에 머물렀다. 그들은 그를 내쫓지 않을 것이다. 아니다. 유일한 치료약과도 같은 코지마의 목소리를 통해 엘리아는 직감했다. 언젠가 감사의 보답을 할 수 있을지도 모를 그녀의 손길이 나쁜 병으로부터 기운을 되찾게 하고 있었다.

날이 밝아오자 날씨는 잠잠해졌다. 군대와도 같던 엄청난 천둥이 순식간에 멈췄다. 소나무만이 사색에 잠긴 듯 미세하게 몸을 떨고 있었다. 아침잠에 빠진 코지마에게 소리가 들려왔다. 소나무의 속삭임 같았다. "이 모든 게 도대체 무엇 때문이란 말인가? 싸움과 고통과 부질없는 걱정들. 바람의 힘도 부질없고 모든 게 부질없으며 공허할 뿐. 하지만 우리는 신이 원하는 대로 싸워야 하네."

그리고는 나무도 입을 다물었다. 창문을 연 코지마는 잊지 못할 장관을 보았다. 수백 마리의 새들이 태양에 빛나는 가지 위로 나부끼고 있었다. 금과 은처럼 보였다. 새들이 날개를 펼칠 때마다 반짝반짝 빛나는 금방울 은방울들이 떨어져 내렸다. 소나무 잎의 바늘 하나하나마다 형형색색의 무지갯빛 진주들이 꽂혀 있었다.

코지마

새들과 루비, 에메랄드, 다이아몬드로 이루어진 마법의 나무 같았다. 기적과도 같은 하루였다. 모든 게 다른 모습으로 보였다. 채소밭과 포도밭, 떨어진 나뭇잎과 바짝 마른 황무지마저 다시 빛났고 그녀에게 미소를 지었다. 선한 마음을 가진 사람들을 찾아 신은 천둥과 번개를 대동하고 지나갔다. 그들에게 위안과 아버지의 사랑을 베풀기 위해.

이른 아침 안드레아는 길을 떠났다. 병자를 돌보기 위해 오후에 돌아와 작은 집에서 밤을 보내겠노라고 약속했다. 어머니와 코지마, 하인은 도시로 돌아갈 것이었다. 코지마는 커피를 들고 엘리아의 침대 옆에 앉았다. 커피잔을 쥔 그의 손이 떨렸다.

"추우세요?" 그녀가 물었다. 열이 내렸다는 좋은 징조다. 그렇다고 말해 주길.

코지마는 어둡고 단단한 바위 같은 얼굴 오른편의 커다란 귀를 어루만졌다. 작은 손이 닿자 그는 간지럽다는 듯 부르르 떨었다. 귀염받는 개처럼 그의 눈은 다시 빛났다.

"싱싱한 장미 같아요. 엘리아 삼촌. 앞으로 백 살까지는 사실 거에요. 우리 기억이 가물가물해질 때까지요."

그는 커피를 들이켰다. 아이들처럼 접시에 흘린 설탕을 손으로 문질러 찻잔 안에 털어 넣었다. 그는 어떤 모습이 보이기라도 한 듯 고개를 숙이고 찻잔 바닥을 바라보았다.

"주인님은 어디에 계시죠?" 나직한 목소리로 그가 물었다. 코지마는 그가 비밀리에 자신에게 무슨 말을 하려 한다는 걸 느꼈다.

주인님은 옆방에서 일하느라 바쁘다고 그녀는 말했다.

"주인님께서 지난밤 많이 놀라셨을 텐데 다 제 탓이에요. 아가씨도요."

"아니에요, 엘리아 삼촌. 저는 오히려 즐거웠는걸요. 시골 한가운데서 그런 악마의 소리를 들어본 적이 없었거든요. 오, 저는 무서움을 안 탄답니다. 밤중에 소리가 들리면 일어나서 창고로 내려가 도둑이 들었나 본답니다. 이제 누워서 조용히 쉬세요. 제가 이불을 덮어 드릴게요. 날이 좀 추워요."

그는 다시 자리에 누웠다. 지난날들에 비해 진정된 것 같았다. 나아지고 있었다. 자리에서 일어나 일터로 나가고 싶어 했으나 자신의 방식으로 그를 사랑하는 이폴리토는 그에게 묶어버리겠노라고 위협했다.

작은 여주인이 그에게 수프를 가져왔다. 달걀을 풀어 넣은 수프와 한 잔의 포도주. 그러나 그는 입만 살짝 댔고 단맛에 이끌린 벌 한 마리가 잔 주위를 윙윙거렸다.

태양은 뜨거웠고 창밖으로 물빛 하늘색을 띤 먼 산들의 지평선이 보였다. 주위는 온통 고요하고 심오했다. 봄날 오후처럼 황무지에서 미지근한 풀 향기가 풍겨 왔다. 하인은 채소밭에서 일하고 있었고 여주인은 물통이 있는 곳으로 빨래를 하러 나갔다. 코지마는 어머니를 따라가 더러워진 빨래를 그대로 집에 들고 가자고 우길 참이었다. 가는 길에 엘리아의 창문 안을 들여다보았다. 침대에 걸터앉은 노인이 그녀에게 들어오라며 손짓했다. 안으로 들어가 보니 포도주를 마신 그의 얼굴은 살짝 붉어져 있었고 눈은 평소와 달리 커져 있었다.

"주인님은 어디에 계시죠?" 또다시 물었다.

빨래를 하러 갔다고 하자 그는 화가 난 것 같았다.

"내 셔츠를 가져가 빨래를 하시다니, 그래서는 안 됩니다."

"괜찮아요, 엘리아 삼촌. 어머니가 좋아하는 일이에요. 불쌍한 어머니, 한시도 게으름을 피운 적이 없어요."

"불쌍한 주인님, 그 모든 생각들을 하느라," 아침에 그랬던 것처럼 고개를 숙이며 그가 말했다. 생각에 잠긴 듯했다.

"어머니는 너무 지나치세요." 코지마가 그를 안심시키려는 듯 말했다. "매사에 어두운 면만 보신다니까요. 필요한 게 떨어진 적은 한 번도 없는데도요."

"아가씨는 신께서 예비하심을 믿나요?"

"그럼요, 물론이죠."

그리고는 이상한 일이 일어났다. 그가 몸을 일으키더니 길고 두툼한 맨발을 족쇄처럼 질질 끌고 가 창문을 닫으며 말했다.

"이 벌들! 저리 가, 저리 가라고. 아가씨에게 보여줄 게 있답니다. 어떤 것도 누구에게도 말하면 안 됩니다. 약속하실 수 있지요? 그 어떤 것도 그 누구에게도."

그녀는 잠시 망설였으나 호기심을 억누르지 못하고 대답했다.

"약속할게요."

그게 다였다.

노인은 벽난로로 다가가 몸을 굽혔다. 갈퀴를 들고 땔감 부스러기와 재를 한 구석으로 긁어모았다. 그리고는 갈퀴로 가운데 있는 벽돌 한 장을 들어 올렸다. 벽돌 아래 철판 한 장이 나타났다. 자물쇠로 잠긴 금고 같은 것이었다. 가슴께에서 검은 줄에 매달린 작은 열쇠를 꺼낸 그는 비밀 금고를 열었다. 두 개의 작은 경첩이 달린 철판을 올리고 구멍 속으로 손을 집어넣었다. 구멍은 아주 깊어 보였고 바닥에 있는 주머니의 끈을 푸는 것 같더니 이내 동전 한 움큼을 꺼내 들었다. 움푹 파인 손바닥 안에 놓인 동전들을 그는 좋은 씨앗인지 확인하려는 듯 바라보았다. 그리고는 코지마에게 보여주었다. 그의 오목한 손에 담긴 영혼을 홀리는 동전들은 코지마로 하여금 저주받은 보물에서 도깨비가 꺼내든 방망이를 떠오르게 했다. 한발짝 뒤로 물러선 그녀는 겁에 질려 노인을 쳐다보았다.

탁한 초록빛 물속에 파인 홈 같은 눈매와 어두운 얼굴빛이 거짓처럼 느껴졌다. 굳게 다문 그의 입에는 무언가 악마적인 것이 깃들어 있었다. 코지마의 머릿속에 무섭고 나쁜 생각들이 지나갔다. 두려움으로 그녀는 작은 문을 바라보았다. 문은 열려 있었고 노인이 나쁜 짓을 하기라도 하면 재빨리 몸을 피할 수 있으리라.

그녀의 두려움을 알아챈 노인의 낯빛이 슬픔으로 바뀌었다. 코지마가 한 번도 보지 못했던 고귀한 슬픔으로 물든 어둡고 숙연한 얼굴이었다.

"진짜랍니다." 다른 손에 있는 동전들을 손가락으로 들어 올리며 그가 말했다. 동전들이 주먹 안으로 다시 떨어졌다.

코지마가 잘 살펴보니 동전들은 새것처럼 보였다. 어떤 동전들의 앞면에는 나폴레옹 3세의 비애와 약탈이 새겨져 있었고 다른 것들에는 프랑스 공화국 복장을 한 거대한 수탉이 새겨져 있었다. 원한다면 당장이라도 사용할 수 있는 최근에 만들어진 진짜 금화들이었다. 하지만 손을 대지는 않았다. 코지마를 아끼는 너그러운 마음으로 그녀에게 주거나 아니면 놀라게 할 작정인 듯했다. 문득 그에 대해 떠도는 이상한 소문이 떠올랐고 그 보물들은 도둑질로 얻은 것이라는 확신이 들었다.

노인은 다시 주먹을 쥐었고 벽난로의 텅 빈 곳으로 가 모든 걸 다시 제자리에 놓았다. 그리고는 창문을 닫고 침대에 가서 앉았다. 머리를 숙이고 생각에 잠긴 듯했다. 그가 쫓아낸 벌이 빙그르르 돌아와 먼 산의 물빛을 배경으로 윙윙거렸다. 구름이 지나가듯 순식간에 벌어진 일이었다. 코지마는 밖으로 나가려 문 가까이 다가갔다. 노인이 그녀를 부를 때에도 위험한 일에 말려들고 싶지 않았다.

"이 말을 하고 싶었답니다. 아가씨, 제가 죽거나 그전에라도 필요한 일이 생긴다면 저건 아가씨 겁니다."

그녀는 단 한 개의 동전도 원하지 않는다고 우기고 싶었다. 주인에게 돌려주는 게 좋을 거라고 소리치고 싶었다. 그러나 어머니가 채소밭에서 올라오고 있었다. 그녀의 손에는 물기가 채 마르지 않은 비틀어 짠 엘리아의 셔츠가 들려 있었다. 꿈에서 막 깨어난 기분이었다. 어머니는 빨래를 너는 두 개의 기둥 사이에 묶어둔 줄 위에 셔츠를 널었다. 그리고는 집 안에 들어와 떠날 준비를 하기 시작했다.

코지마는 소나무 가까이 다가가 몸통의 붉은 껍질에 머리를 기댔다. 그녀에게 충고해 주고 그녀를 구해 줄 나무 친구 안에 숨겨진 목소리를 들으려는 것 같았다. 죄를 범한 느낌이었고 도둑질의 공범, 아니 범죄의 공범이 된 기분이었다. 무엇을 해야 할까? 노인을 고소해야 할까? 그는 삼십 년이 넘도록 이 마을에서 지내왔다. 죄를 저질렀다 해도 이미 시효가 지났을 것이다. 피 흘린 범죄도 아니다. 처벌이라 해 보았자 가택 연금 정도일 것이다. 죄를 짓지 않고 보물을 손에 넣었을 수도 있었을까? 최근 신문에는 값어치가 백만 리라도 넘는 보물에 관한 기사가 실렸다. 골동품 매매상의 집에서 발견된 금화들이었다. 또 다른 경우는 전 세계에서 온 류마티스 환자들을 자신만의 방법으로 치료하는 괴상하고 고독한 의사였는데 그의 선반에서도 보물들이 발견되었다. 어린 시절 그리고 그 후로도 코지마는 하인들과 농부들, 목동들로부터 보물에 관한 이야기들을 들어 왔다. 오래된 성의 폐허에서 통나무 안에서 땅속에서 찾아낸 보물들이었다. 그중 하나는 오래된 무덤에서 발견되었는데 남편은 보석과 금화를 가득 채운 항아리와 함께 젊은 부인을 매장했다.

엘리아는 더 정확한 내용을 알고 있을지도 모른다. 하지만 그에게 다시 말을 한다는 생각만으로도 공포에 가까운 혐오가 밀려왔다. 한편으로는 누구에게도 비밀을 누설하지 않기로 약속했으니 다시는 그 일에 관여하지 않기로 했다. 많은 이들이 그러하듯 그녀를 몽상가로 취급할 수도 있다. 그녀 또한 자신의 수많은 소설적 환상들을 실제로 본 게 아니라고 확신할 수는 없었다. 어찌 되었든 그곳에 머무는 동안 늙은 마법사와 혼자 있는 경우는 더 이상 없었고 그는 또다시 혼자만의 침묵 속에 잠겼다.

그날 밤, 높은 방에 있는 정돈된 침대에서 코지마는 외할머니 꿈을 꿨다. 할머니는 마지막으로 보았을 때처럼 살아 계셨다. 장식이 달린 성녀의 옷을 입은 할머니는 난쟁이처럼 보였다. 난쟁이처럼. 잠결에도 코지마는 불쾌함을 느꼈다. 그날의 모험과 알쏭달쏭한 엘리아의 보물을 절대 나눠 갖지 않으리라는 자신의 영웅적인 태도가 선명하게 생각났다. 할머니에 대한 후회가 밀려왔다. 마지막으로 집에 오셨을 때 커피를 대접해 드리지 않았고 인사도 제대로 하지 않았었다. 꿈속에서 지금 코지마는 사랑스러운 노인네가 가장 좋아하는 마실 거리를 준비하느라 분주하다. 그러나 모카 포트에서 흘러넘친 물이 불을 꺼버렸다. "그냥 두렴, 아가." 헤이즐넛 빛깔의 커다란 두 눈과 주름이 자글자글한 작은 입술을 지닌 외할머니가 자그마한 두 손을 앞치마 위로 포개며 말했다. "난 이제 아무것도 필요 없단다."

등을 돌린 순간 코지마는 신부의 옷을 입고 있는 그녀의 모습을 보았다. 진홍색 모직과 수 놓은 비단으로 만든 옷이었다. 가슴께에는 밝은색 실로 수를 놓았고 몸통 끝부분에 달린 두 개의 종려나무 잎이 초록빛을 더해 주었다. 작은 머리는 두건으로 감싸고 있었는데 빳빳하게 풀을 먹인 새하얀 천으로 고대 아마포 같았다.

"너무 예쁘세요, 할머니. 진짜 요정 같아요."

할머니는 왜 저런 옷차림을 하고 있을까?

"안드레아 할아버지를 다시 만났단다. 영원한 부부의 연을 맺고 천당에서 행복하게 살련다."

안드레아 할아버지, 코지마는 그를 본 적이 없었다. 하지만 어느 날 먼 곳으로부터 온 사람이라는 건 알고 있었다. 제노바라고도 했고 스페인에서 왔다고도 했으며 이곳에서 땅을 일궜다. 결혼한 뒤로도 그는 늘 야생 동물들이 득실거리는 황폐한 언덕 위에 있는 밭에서 일했다. 그 또한 야생과 같았으나 정말이지 마음이 착해서 새들은 그의 팔에 와서 앉았고 뱀들은 그의 휘파람 소리를 듣고 기어 왔다. 저녁이 되어 오두막 앞에서 쉴 때면 들고양이들이 그와 함께했다. 사람들은 그가 좀 이상하다고들 했다. 정상적이지 않은 사람들의 신비로움에 관해 말할 때 사람들은 그의 이름을 거론했다.

안드레아 할아버지는 무엇을 보았을까. 들고양이들의 눈 속에서, 까마귀들의 무지갯빛 깃털에서, 그의 휘파람 소리에 춤추는 뱀들의 은빛 피부에서 그는 다른 땅과 바다를 보았다. 코지마가 동물들의 눈과 잎사귀들, 돌들 속에서 보는 환상적인 투영과 같은 것인지도 모른다. 꿈속에서 그녀는 갑자기 많은 것들을 알 수 있었다. 선조들과 무의식의 세계가 재빠르게 열렸다 닫혔다 하는 어지러운 느낌, 살아계신 할머니의 모습이 그녀를 일깨웠고 이제 점점 흐릿해지고 있다. 여전히 사랑에 빠진 할머니는 동공 속에 할아버지의 모습을 새겨 놓았다. 꿈꾸는 영혼의 소유자였던 그의 모습은 꿈꾸는 코지마의 모습이기도 했다.

그가 어디에서 왔는지 아무도 그녀에게 이야기해 주지 않았다. 어머니조차 정확히 모르는 것 같았다. 꿈속에서 할아버지의 과거는 늙은 엘리아의 과거와 중첩되며 코지마에게 고통과 두려움을 안겨주었다. 할아버지가 갈대밭에서 돌아가셨다는 건 잘 알고 있었다. 오두막집 안에 그가 키우던 토끼 가족이 살고 있었다는 사실이 코지마를 안심시켰다. 할머니에게 할아버지의 소식을 묻고 싶었다.

"전부 꾸며낸 이야기란다." 할머니가 동요하지 않고 말했다. "제노바에서 온 것도 스페인에서 온 것도 아니야. 아마 그의 조상들이 왔겠지. 하지만 그는 아니야. 그는 착한 사람들이 사는 바닷가 마을에서 왔고 그의 아버지는 어부였어. 안드레아는 바다를 좋아하지 않았지. 종종 악마처럼 게걸스럽게 살아있는 사람들을 집어삼키곤 했거든. 거의 산 채로 팔려 사람들에게 먹히는 물고기들에게도 그는 연민을 가졌어. 단순하지만 착하고 하느님을 믿는 부드러운 사람이었지."

그는 일거리를 찾아 이 땅으로 왔다. 사람들을 배반하지 않고 풀과 과일들을 주는 땅을 사랑했기 때문이었다. 꽃들에조차 그는 연민을 느꼈다. 새들과 언덕에 사는 작은 동물들, 심지어 뱀들과 가재들도 그의 친구들이었다. 이것이 진정한 그의 이야기이다.

꿈속에서 들은 단순한 이야기는 보물과 열정, 민족들 간의 전쟁에 대한 그 어떤 이야기보다 코지마에게 깊은 인상을 남겼다. 그녀의 내면에 새겨진 무당벌레의 정경처럼.

자신이 종교적인지 미신적인지 또는 몽상가인지 나약한 영혼의 소유자인지 코지마는 스스로에게 묻곤 했다. 그러나 그녀의 내면 깊은 곳에 깃든 정서는 교육이나 삶의 어려움으로부터 나온 것이 아니었다. 새들이 하늘을 나는 능력을 타고나듯 태어날 때부터 신께 받은 선물이었다. 성경과 기도서를 읽지 않았지만 그녀의 마음은 기쁨으로 충만했다.

매우 혹독했던 그해 겨울, 겉으로는 괜찮아 보였지만 실은 고통으로 일그러진 가족에게 행운의 여신이 미소를 지었다. 한창 고운 나이였던 베파는 총명하기 그지없었고 편견이 없었으며 쾌활한 수다쟁이였다. 그녀는 코지마를 비롯한 모든 사람에게서 놀릴 거리를 찾아내곤 했다. 타인에 대한 그녀의 판단은 무자비해서 어머니는 그녀에게 혀를 잘라 버리겠다고 위협하곤 했다. 새하얀 피부와 파란 눈동자 그리고 금빛으로 물결치는 갈색 머리카락. 그녀는 정말이지 아름다웠다. 장미와 백합과 수선화로 이루어진 한 다발의 꽃 같았다. 그녀에게는 코지마보다 훨씬 많은 구애자가 있었다. 그러나 모두가 오빠들을 이유로 멀어져 갔다.

　　그해 겨울 누구보다도 열렬한 구애자가 등장했다. 보통 학교 교장으로 지역에서 명망 있는 인물이었다. 키가 크고 붉은 피부의 미남으로 머리가 약간 벗겨졌지만 흉할 정도는 아니었다. 지역에서 냉담하기로 유명한 사람들의 환심을 사기에 충분한 달변가이기도 했다. 자신이 아끼는 젊은 학생들을 즐겁게 해 주기 위해 그는 무도회와 공연, 음악회와 학회를 열었다. 그 모임 중 한 자리에서 그는 베파를 처음 보았다. 우연한 기회에 베파는 학생의 어머니 한 명과 함께 모임에 참석했고 그는 그녀에게 반해 버렸다. 베파는 그 지역의 아가씨들과는 전혀 다른 유형이었다. 자신과 비슷한 부류라고 느꼈고 그와 같은 동질성이 아마도 그의 마음을 끌었던 것 같다. 교육자들의 대표이자 미래의 선생님들을 지도하는 인물은 베파에게 자신의 사랑을 고백했고 그녀와 결혼하고 싶다고 했다. 그녀는 기절초풍했다. 자신이 좋아하는 타입의 남자가 아닌 오히려 혐오하는 유형의 남자였다. 커다란 덩치와 육감적인 외모가 인상적이었고, 얼굴과 가슴과 배에서는 힘이 느껴졌으며 우뚝 서 있는 건장한 모습은 동물적인 열기를 뿜어냈다. 그러나 어찌 보면 최고의 기회이기도 했다. 이 작은 도시를 벗어나 더 큰 도시로 가고 싶다는 꿈, 나쁜 소문을 퍼뜨리는 이웃들에게 복수하고 싶다는 허영심 그리고 무엇보다 늘 슬프고 걱정에 찬 어머니에게 위안을 줄 수 있는 기회. 그녀는 많은 생각을 하지 않았고 친지들에게 조언을 구하지도 않았다. 그의 제안을 그저 가볍게 받아들였다.

남자가 집을 방문하기 위해 찾아왔다. 책을 가져왔고 선물을 보냈다. 딸들은 그를 대접했고 그가 들려주는 우스갯소리에 억지로 웃음을 터뜨렸다. 안드레아는 지역의 전통에 따라 중개인의 입회하에 공식적인 질문들을 준비하고자 했으나 그렇게까지 하지는 않았다. 그 또한 혼사가 잘 성사되기를 바랐다. 호기심으로 충만한 약혼자들을 잠시라도 둘만 있도록 놔둔다면 몽둥이질을 면치 못할 거라며 여동생들에게 으름장을 놓았다. 코지마 또한 그가 마음에 들지는 않았으나 동네 다른 가족들의 수군거림은 기분 나쁘지 않았다. 질투와 소문과 비방으로 베파에게 찾아온 행운에 대해 온 마을이 웅성거렸다.

코지마

먼저 교장에 대한 악담이 시작되었다. 바람둥이인데다 집에 까만 머리 여자를 데리고 있다는 둥 바닥을 엉금엉금 기게 한다는 둥 짐승처럼 흥분한 소리를 내게 한다는 둥 하는 말들이었다. 그리고는 무례한 오빠들 외에 아무런 방어력도 없는 불쌍한 자매들을 헐뜯었다. 그렇지만 남자는 정말로 사랑에 빠진 듯했다. 선물을 보냈고 미래의 장모에게 칭찬을 퍼부었다. 소문을 종식시키기 위해 까만 머리 하녀를 해고했고 스스로 결혼식 날을 잡았다. 휴가를 마치고 돌아오는 10월이었다. 안토니오의 자발적인 희생에 힘입어 그 해의 모든 수확, 산 위 목초지와 올리브 작업장, 아몬드에서 코르크에 이르기까지 모든 게 혼수 장만에 투입되었다. 세 자매는 꽃 같은 꿈을 짜며 테이블보와 이불에 수를 놓고 또 놓았다. 자신이 태어난 알프스의 머나먼 마을에서 휴가를 보내고 있던 거구의 약혼자는 편지를 보내왔다. 이사 때문에 10월에는 돌아올 수 없으며 결혼식을 하러 더 늦게 돌아오겠다고 했다. 편지의 내용은 불분명했고 어느 날 그와 함께 학교 사업을 벌이고 있다는 변호사가 프란체스카 부인을 찾아왔다. 그는 베파에게 주어질 유산의 몫이 얼마나 되는지 물었다. 아버지의 유산 중 작은 부분은 어쨌든 그녀와 그녀가 꾸릴 가족에게 돌아가는 게 옳다고 했다. 그러면서 베파에게는 재산의 6분의 1, 아니 5분의 1까지도 상속받을 권리가 있다고 했다. 어림잡아 2만 5천 리라 가치 정도 되는 수익이 많이 나지 않는 땅이었다. 여드레 동안의 음울한 기다림 끝에 냉정한 답변이 돌아왔다. 약혼자는 편지에서 삶이 만만 치 않다며 투덜거렸다. 미래의 신부에게 나쁜 모습을 보이고 싶지 않고 모자람을 느끼게 하고 싶지도 않다고 했다. 그녀의 몫은 적어도 5만 리라는 되어야 하며 그중 2만 리라는 즉시 보장되어야 한다고 했다.

안드레아는 피 끓는 분노에 휩싸였다. 짐승 같은 자식, 비열한 살진 돼지 같은 놈은 여동생에 대한 사랑 때문에 집 안에 발을 들인 게 아니라 잇속을 차리려는 것이다. 이제 그는 거의 몸값을 요구하고 있다. 파혼이라는 게 불쌍한 아가씨들을 얼마나 나락으로 떨어지게 만드는지 잘 알고 있었기 때문이다. 그를 찾아가 두들겨 패고 진짜 돼지를 잡을 때처럼 송곳으로 찔러 죽이겠노라고 했다. 하지만 어머니는 눈물을 흘렸고 코지마는 유산 중 자신의 몫을 동생에게 양보하겠노라고 했다. 팔 수 있는 물건이 있는지도 찾아보았지만 미미한 액수에 불과했고 이미 궁핍해진 살림살이 전부를 팔아치울 수도 없는 노릇이었다. 수치심과 실망감으로 절망에 빠진 어머니와 베파의 모습에 코지마는 악마와 손을 잡기로 했다. 엘리아의 보물들을 생각해 냈다. 그의 호의를 수락하기로 마음먹었다. 그러나 생각하는 것만으로도 두려움에 사로잡혔다. 절대로 절대로 안 돼. 저주받은 보물에 대한 기억을 쫓아내고자 그녀는 자신을 채찍질했다. 하지만 내면 깊은 곳의 유혹은 절대 사라지지 않았다. 넌 참 바보 같구나. 네 평생 좋은 건 손에 넣지 못할 거야. 사랑하는 사람을 위해 마련해 줄 수도 없을 거고. 그 돈이 다 그 늙은이 거라고 누가 그러든? 가, 가서 똑바로 물어 봐. 어서 가봐, 찾으러 가라고…"

야생 동물을 뒤쫓는 사냥개처럼 그녀는 흥분에 사로잡혔다. 하 지만 움직이지 않았다. 아무에게도 비밀을 누설하지 않기로 했 던 노인과의 약속 때문이기도 했다. 만일 그에게 죄가 있다면 신 의 앞에서 해결해야 할 것이다. 유혹에서 벗어나기 위해 코지마 는 그 해 포도밭에 가는 일을 그만두었다. 딸의 일로 슬픔과 생각 에 잠긴 어머니는 사흘 동안만 포도밭에 머물다 왔다. 약혼자는 더 이상 편지를 보내지 않았고 변호사도 나타나지 않았다. 준비 해 놓은 혼수는 궤 안에 넣어 죽은 사람처럼 봉해 두었다. 안드레 아는 우울해했고 근심에 찼다. 실망감보다도 가족의 평판 때문이 었다. 그가 집에 돌아올 때면 여동생들은 일이 이렇게 된 게 자신 들의 책임인 양 두려움에 떨며 몸을 숨겼다.

11월 초, 코지마의 꿈속에 또다시 작은 외할머니가 찾아왔다. 전처럼 신부의 옷을 입고 있었고 어린아이 같은 손에는 진주로 만 든 묵주를 들고 있었다. 코지마는 늘 그녀에게 커피를 대접하지 못했다는 후회에 시달렸는데 지난번 꿈속에 할머니가 찾아왔을 때는 커피를 준비하느라 분주했었다. 하지만 모카 포트에서 커피 가 흘러넘쳤고 불이 꺼지고 말았다. "그냥 두렴." 할머니가 말씀 하셨다. "우리처럼 저 위에 있는 사람들은 아무것도 필요하지 않단다. 너에게 인사를 하러 왔단다. 참, 프란체스코가 너한테 인사를 전하더구나."

프란체스코는 베파의 약혼자 이름이었다. 할머니는 뼈 있는 농담을 하려는 것 같았다. 그리고 그날 밤, 코지마가 꿈을 꾸기 조금 전에 프란체스코 교장은 폐렴에 걸린 지 사흘 만에 세상을 떠났다. 그렇게 예언의 심판이 이루어졌고 그 또한 천국으로 간 가족의 일원이 되었다. 세상사는 공평했다.

그즈음 신은 다른 방식으로 코지마에게 보상을 내렸다. 유명한 외국 잡지사에서 막대한 액수를 제시하며 그녀의 소설 〈떨어진 나뭇가지〉의 번역을 의뢰한 것이다. 작가의 약력을 보내달라고 했고 저명한 평론가가 그녀의 책을 번역할 것이라고 했다. 꿈을 꿀 때처럼 두 눈을 꼭 감고 코지마는 제안을 수락했다. 한편으로 행운에 대한 두려움이 밀려왔다. 또 다른 불행으로 갚게 되는 건 아닐까? 그리고는 돈이 도착했다. 우편을 통해 엘리아의 보물과 같은 금화로 지급되었다. 놀란 눈으로 그녀는 금화들을 바라보았다. 감히 손댈 수조차 없었다. 은행에 가져가 지폐로 바꾸었고 일부는 통장을 개설해서 넣어 두었다. 돈을 본 어머니는 눈을 부릅떴다. 그녀에게는 죽을죄를 짓고 받은 보상에 불과했다.

"좋아." 코지마가 말했다. "죄다 써 버리겠어. 저축 따위는 하지 않을래. 내가 번 돈들이 바람에 흩날리는 나뭇잎들처럼 사라지도록 할 거야."

그리고 기회가 찾아왔다. 바다에 인접한 도시에서 소규모 문학 잡지를 출판하는 그녀의 팬이 자기 집에 코지마를 초대한 것이다. 겁에 질린 어머니와 입을 삐죽거리는 안드레아의 만류를 뿌리치고 그녀는 초대에 응하기로 마음먹었다. 안드레아는 기차역까지만이라도 배웅하고 싶어 했다. 기차에 오르는 코지마를 바라보며 안드레아는 그녀가 대서양을 건너는 배를 탄 것처럼 느꼈다.

그녀 또한 당황스럽기는 마찬가지였다. 어디로 가고 있지? 네가 원하는 게 뭐지? 숲속 한가운데로 들어가는 빨간 망토처럼 늑대와 마주칠 것 같았다. 잘 해내고 싶었다. 그녀의 내면은 평온했고 나쁜 그늘은 어두운 겨울 산에서 올라와 흩어지는 거대한 구름에 불과했다. 적막한 언덕과 긴 해안선을 따라 달리는 작은 기차는 마치 장난감처럼 보였다. 푸른빛으로 가득한 하늘은 광활했고 남쪽에서 불어오는 더운 바람에 구름이 산산이 흩어졌다. 더욱 높고 더욱 푸르게. 기차 복도 창밖으로 얼굴을 내밀고 코지마는 하늘을 올려다보았다. 낯선 이방의 하늘처럼 느껴졌다. 반면 그녀의 발아래 땅은 친숙한 어머니와 같았다. 파르르 떨리는 풀로 뒤덮인 언덕들, 관목들, 돌들, 몇 세기에 걸친 고난을 극복하며 단단해진 떡갈나무. 돌 둥지 위 까마귀들처럼 웅크린 작고 검은 마을들이 멀리서 깜박이는 불빛에 나타났다 사라졌다. 길 가장자리 초원에서 목동이 거느린 가축들이 윤곽을 드러냈다. 기차가 지나가자 놀란 양들은 구름이 그늘을 만들듯 이리저리 움직였다. 그녀를 보고 놀란 풍경들이 새로운 삶을 향해 움직이는 것 같았다.

바다에서 가까운 평지에 다다르자 기온이 바뀌었다. 아래 지방은 아직 초가을에 머물러 있었다. 구름이 지나간 하늘에 밝은 초록빛이 감돌았다. 물에 비친 하늘을 본 코지마는 포도밭의 물통을 떠올렸다. 저수지였다. 한 번도 본 적 없는 무지갯빛 날개의 새들이 물에서 솟아나듯 저수지에서 날아올라 하늘에 무지개를 그렸다. 신기루인지도 몰랐다. 일종의 전조처럼 느껴졌다. 기차가 역에 서자 에메랄드 색으로 빛나는 하늘 아래 야자수가 있는 정원이 나타났다. 문명화된 오아시스였다. 처음 그녀의 눈에 들어온 젊은이는 금빛 나는 갈색 옷에 같은 색 콧수염을 기르고 동양적인 긴 눈을 하고 있었다. 아는 사람인 듯 코지마는 그를 쳐다보았다. 어디선가 본 사람인 듯했다. 어디였더라? 알 수 없었다. 어린 시절과 소녀 시절에 느꼈던 감정, 수년이 흘렀음에도 여전히 알 수 없는 어지러움은 할머니가 그곳에 계신 것 같은 착각을 불러일으켰다.

인도를 차지한 무리 사이로 남자는 사라져 버렸다. 달랑거리는 술이 달린 우스꽝스러운 옷을 입고 숱 없는 금발에 모자를 비스듬히 쓴 부인이 코지마에게 와락 달려들었다. 기차 발판 위로 뛰어올라 그녀의 빈약한 가슴을 세차게 껴안더니 얼굴에 입맞춤을 퍼부었다. 도자기처럼 파란 그녀의 눈에서 눈물이 흘러 매부리코를 타고 입술에서 침과 뒤범벅되었다. 딸꾹질까지 해가며 코지마가 부끄러울 정도로 큰 소리로 그녀의 이름과 성씨를 불렀다. 사람

들이 그녀를 쳐다보았다. 누군가는 이미 그녀의 이름을 알고 있
는 듯했고 코지마에게 인사를 건네며 요란스러운 환영식에 웃음
을 터뜨렸다. 다시 기차에 올라 집에 돌아가고 싶었다. 유명인들
이 겪는 고초란 이런 것이로구나 생각하며 초대한 이의 집에 도착
했다. 정원과 교회가 보이는 발코니로 둘러싸인 멋진 집이었다.
녹색 포도 넝쿨로 장식된 난간이 있는 긴 대리석 계단에 서자 한
무리의 어린이와 청소년들이 보였다. 모두 흰옷을 입고 손에는
꽃다발을 들고 있었다. 날개 없는 천사들이 호위하는 천국의 계
단 같았다. 하인이 가족의 유품인 낡고 볼품없는 코지마의 여행
가방을 마차에서 내리자 그녀를 초대한 마리아 부인이 달려와 소
중한 보물처럼 직접 위층으로 들고 올라갔다. 소녀들은 한목소리
로 출중한 선생님의 지도를 받은 듯한 합창을 했다. 그 선생님은
다름 아닌 마리아 부인이었고 천사들은 같은 건물에 사는 소녀들
이었다.

이즈음 되면 감격에 겨운 모습을 보여야만 했다. 높은 계단참에
서서 감사의 인사말을 전해야 했다. 손수건으로 얼굴을 훔쳤으나
코지마는 울 수도 말을 할 수도 없었다. 그녀를 위해 조직된 합창
단이 부르는 구슬프고 단조로운 노래가 멀리서 들려오는 소리와
어우러졌다. 포도밭의 소나무처럼 여전히 그녀는 알 수 없었다.
그것은 바다의 소리였다.

바다, 큰길 끝에는 바다가 있었고 희고 반짝이는 새집들이 줄지어 있었다. 동양의 어느 도시에 와 있는 기분이 들었다. 야자수와 선인장 다른 열대성 나무들이 푸른 바다 끝에 펼쳐진 뜨거운 하늘을 향해 묵직하게 흔들렸다. 발코니에는 패랭이꽃들이 피어 있었다. 지평선을 가리는 소나무로 뒤덮인 길 맞은편 작은 언덕에서 향기로운 풀냄새가 풍겨왔다. 여름날 저녁처럼 사람들은 모두 밖에 나와 있었다. 노랫소리와 만돌린 연주 소리가 끊임없이 들려왔다. 코지마의 귀에는 그녀를 찬미하는 합창 소리처럼 들렸고 자만심보다는 두려움이 밀려왔다.

케이크와 음료를 게걸스럽게 먹고 난 뒤에도 집주인은 그녀에게 입맞춤을 계속했다. 주인을 만난 개처럼 거의 핥을 지경이었다. 작은 회사에서 일하는 참을성 많은 남편과 함께 산다는 아파트로 그녀는 코지마를 데려갔다. 바다가 보이는 발코니가 딸린 가장 아름다운 방은 코지마 차지였다. 코지마를 위해 비워 둔 거실은 종이로 만든 꽃과 금이 간 화병들, 냅킨 같은 조악한 취향의 물건들로 가득했다.

"여기서 친구들과 팬들을 맞이할 수 있을 거에요."

하지만 코지마에게는 친구들이 없었고 단 한 명의 친구를 사귄다는 생각조차 두려웠다. 팬에 대해서라면, 정말이지 원치 않았다. 해로운 존재라는 사실을 오랜 경험을 통해 잘 알고 있었다. 갑자기 현관 벨이 울렸고 생각할 틈도 없이 코지마는 문을 열었다.

코지마

꽃가게에서 일하는 소년이었다. 얇은 종이에 싼 크고 붉은 장미 꽃다발을 들고 있었다. 당신을 위한 거랍니다. 정말로 당신을 위한. 누가 보낸 것인지는 알 수 없었다. 엘리아의 주먹에 놓인 금화들을 보았을 때처럼 두려움과 놀라움으로 그녀는 꽃다발을 쳐다보았다. 폭력적일 정도로 짙은 향내와 빛깔의 장미 한 다발. 뜨거운 피를 뚝뚝 흘리며 살아있는 것만 같았다. 소녀들의 집요한 합창과 거리 악사들의 연주보다 더 진하고 육감적인 체취가 풍겨났다. 교활한 눈빛으로 그녀를 쳐다보는 소년의 손에서 꽃다발을 받아든 순간, 그녀는 날카로운 가시에 손가락을 찔렸다. 아름다움과 부유함이라는 환상에 가려진 삶은 냉혹한 가시를 감추고 있다고 그녀는 생각했다. 거실에 있는 화병에 장미를 꽂고 발코니로 돌아갔다. 그렇다. 여름 같았다. 언덕의 소나무들 사이로 크고 불그스름한 달이 떠오르고 있었다. 코지마의 마을에서 부활절에 쓰는 은박지로 만든 종려나무처럼 반짝이는 두 개의 종려 가지 사이로 하늘과 바다가 에메랄드처럼 뒤섞였다. 아직도 하얀 거리에서 아이들이 뛰놀고 있다. 신부를 데리러 온 심부름꾼 놀이. 손에 손을 맞잡은 아이들이 동그라미 안으로 그녀를 데려간다. 신비롭고 위대한 작은 신부를.

이탈리아에서 십여 년을 사는 동안 사르데냐 섬에 가 본 적이 없다. 비단 나뿐만 아니라 이탈리아 지인들 중에도 사르데냐 섬에 다녀왔다는 사람은 보기 드물었다. 로마에서 466km 정도 떨어진 사르데냐는 그토록 가깝고도 먼 곳이다. 에메랄드빛 바닷가에 호사스러운 별장들이 들어서고 부자들의 휴양지로 이름나기 전까지 사르데냐는 그야말로 미지의 섬이었다.

알록달록한 전통 의상을 입고 알아들을 수 없는 방언을 쓰는 사람들, 양젖을 숙성시킨 페코리노 치즈와 구더기가 튀어 오르는 부패한 카수마르추 치즈를 만드는 목동들, 동굴이 있는 바위산과 숲으로 이루어진 산세는 어찌나 깊고 험한지 도망치려거든 사르데냐에 가라는 말이 있을 정도다.

사르데냐 사람들에게 아름다운 자연은 축복이자 저주였다. 수많은 민족들이 사르데냐를 정복하고자 했고 침략자들이 밀려드는 바닷가를 피해 깊은 산 속으로 들어가 사는 편을 택했다. 척박한 땅을 일구고 산적들과 대항하며 살아가야만 했던 사르데냐 사람들의 성격은 완고하고 거칠어졌으며 자신들만의 언어와 문화를 만들어 냈다. 개중에는 엽기적일 정도로 독특한 것들도 있다. 코

코지마

지마의 배경이자 작가의 출생지인 누오로 현에는 축제 때 먹는 '카라시우'라는 구이 요리가 있다. 전해지는 바에 따르면 이 요리는 송아지 배에 염소 새끼를 넣고 염소 새끼 배에 새끼 돼지를 넣고 새끼 돼지 배에 산토끼를 넣고 산토끼 배에 자고새를 넣고 자고새 배에 더 작은 새를 넣어 통째로 굽는 마치 러시아 인형 같은 음식이다. 어디서도 보기 드문 사르데냐 섬의 자연과 정서를 이해하는 것이야말로 〈코지마〉를 이해하는 첫걸음이 되어줄 것이다.

〈코지마〉의 저자 그라치아 델레다의 본명은 "그라치아 마리아 코지마 다미아나 델레다"(Grazia Maria Cosima Damiana Deledda)이다. 〈코지마〉는 그녀의 중간 이름 코지마를 주인공으로 소설의 형식을 빌린 자서전이라 할 수 있다. 이탈리아 여성 최초로 노벨 문학상을 수상한 작가의 마지막 작품으로 그녀가 세상을 떠난 뒤에 출간되었다.

소설의 이야기는 코지마의 성장담이 주축을 이룬다. 좋은 남편을 만나 결혼하는 것만이 여자의 유일한 운명이었던 시대에 코지마는 글쓰기를 멈추지 않았고 결국 작가로서 빛을 보게 된다. 수

옮긴이의 말

많은 벽에 부딪히면서도 농부와 목동이었던 조상들의 강인한 영혼을 지녔음을 굳게 믿으며 내면의 빛을 따라간다. 코지마가 들려주는 가족과 이웃의 기쁘고 슬픈 이야기, 두근거리는 첫사랑 이야기, 신비로운 전설들을 듣노라면 어느새 책장이 술술 넘어간다. 우리의 삶과 방식만 다를 뿐 본질적으로는 크게 다르지 않음이 놀라울 따름이다. 백여 년을 뛰어넘는 시공의 차이에도 불구하고 그녀와 우리의 삶은 그물처럼 촘촘하게 연결되어 있다.

이야기의 또 다른 축은 황홀함과 쓸쓸함이 공존하는 사르데냐 섬의 풍광이다. 에메랄드빛 바다와 험준한 바위산들, 초록이 만발한 숲과 척박한 황무지로 이루어진 반어법적인 고향의 모습은 죽는 날까지 그녀를 사로잡았다. 마침내 꿈을 이루고 그토록 가고 싶었던 로마에서 평생 글을 쓰며 살았음에도 그녀의 시선은 늘 그곳으로 향했고 소설 속에는 사르데냐의 자연과 사람들의 모습이 빠짐없이 등장한다. 노년에 접어든 작가는 〈코지마〉에서 비상한 기억력으로 어린 시절을 보낸 마을과 산과 바다의 풍경을 손에 잡힐 듯 묘사한다. 어린 코지마의 손을 꼭 붙잡고 요정과 거인들이 산다는 전설적인 숲을 노니는 듯한 기분에 빠져들게 된다.

코지마

이야기를 끝마칠 때 즈음, 코지마는 외할머니 꿈을 꾼다. 할머니를 떠올릴 때마다 정체를 알 수 없는 어지러움을 느낀다. 할머니에게 커피를 대접하지 못했다는 후회가 밀려온다. 세상을 떠난 나의 외할머니 또한 코지마의 외할머니처럼 체구가 작고 손발이 자그마하며 순수함으로 가득한 눈동자를 지닌 분이셨다. 지금도 나의 침대 곁에는 외할아버지께서 젊은 시절 할머니를 위해 손수 만든 앉은뱅이책상이 놓여있다. 서랍을 열고 녹슨 가위를 꺼내 손에 쥐어본다. 포목점을 하며 자식들을 뒷바라지했던 할머니의 손때 묻은 가위를. 가슴이 울렁거린다. 코지마가 느꼈던 어지러움과도 같은 것일까. "너무 예쁘세요, 할머니. 진짜 요정 같아요." 코지마가 말한다. 그녀와 나의 꿈속에 찾아온 할머니들은 요정처럼 작고 아름답다.

"요정들은 수천 년 전부터 산에 있는 동굴에 모여 살고 있다. 금으로 짠 그물로 매와 바람과 구름 그리고 사람들의 꿈을 잡아들이며."

코지마 Cosima

1판 1쇄 찍음 2023년 1월 25일
1판 1쇄 펴냄 2023년 1월 30일

지은이   그라치아 델레다
옮긴이   나윤덕
편집   김효진
디자인   위하영
펴낸곳   마르코폴로

등록   제2021-000005호
주소   세종시 다솜1로9.
이메일   laissez@gmail.com

ISBN   979-11-92667-05-8 03880